Peter Bachér

Die Wahrheit über das Alter

Peter Bachér

Die Wahrheit über das Alter

kann nur erzählen,
wer das Glück hat,
es zu erreichen

Langen*Müller*

Besuchen Sie uns im Internet unter:
www.langen-mueller-verlag.de

Umschlaggestaltung: Wolfgang Heinzel
Umschlagfoto: Hagen Schnauss, München
Herstellung und Satz: VerlagsService Dr. Helmut Neuberger
& Karl Schaumann GmbH, Heimstetten
Gesetzt aus der 10,75/14,5 GaramondBQ-Regular
Druck und Binden: GGP Media GmbH, Pößneck
Printed in Germany
ISBN 978-3-7844-3228-1

Inhalt

Ein Wort voraus

SCHON IN JÜNGEREN JAHREN habe ich mich mit dem Thema Alter beschäftigt. Meine Kolumnen, die diese Zeit im Leben beschreiben, lagen mir immer am Herzen. Deshalb sind die in diesem Buch zusammengestellten Texte die Summe meiner Gedanken über das Älterwerden, die ich in vielen Jahren zu Papier gebracht habe. Es sind Erlebnisse, die mich oft schmerzhaft berührt haben; Erfahrungen, die mir aber auch die eigene Endlichkeit nähergebracht haben und die mir zeigen, wie ich damit umgehen und das Unabwendbare annehmen kann. Was mich manchmal darüber hinwegtrösten konnte, waren Worte von Dichtern, die Wahres und auch Schönes über das Alter gesagt haben, wie zum Beispiel Gertrud von le Fort: *Das Alter ist wie eine Woge im Meer. Wer sich von ihr tragen lässt, treibt obenauf. Wer sich dagegen aufbäumt, geht unter.* Oder Hermann Hesse: *Das Altwerden ist ja nicht nur ein Abbauen und Hinwelken, es hat wie jede Lebensstufe seine eigenen Werte, seinen eigenen Zauber und seine eigene Weisheit.*

Wenn die Sonne nur noch von der Seite in das Leben scheint

VIELLEICHT WAR ES nur ein Zufall, vielleicht die Vorsaison, gleichviel: In jenem bayerischen Wirtshaus am Tegernsee, in dem ich mein Abendessen einnehmen wollte, sah ich ringsum nur ältere Leute. Das einzige junge Paar verließ gerade den Raum, als ich kam – auch dieses sicher ein Zufall. So saß ich – gerade mal fünfzig – inmitten der Alten und hatte Zeit, in Ruhe zu beobachten.

Und ich sah: Die Gesichter der Menschen sind nicht wie Uhren, man kann in ihnen die Zeit nicht genau ablesen. Dass Falten alt machen, ist eine Erfindung. Der Mann mir gegenüber hat sicher alle Falten der Welt in sich vereinigt, Siege, Niederlagen erlebt, aber wie begeistert er seine Hände kreisen lässt, wenn er spricht – dagegen wirken manche dreißigjährige Glattgesichter müde, verbraucht, steinalt.

Alte Frauen sind demütig. Sie bestellen nach ihrem Mann und doch ist alles ein Irrtum: In Wahrheit sind sie nur glücklich, wenn er glücklich ist, und er ist nur glücklich, wenn er zuerst bestellt, denn das ist immer so gewesen, zehn, zwanzig, dreißig Jahre lang, Fehler binden aneinander mehr als Freuden und so sagt er: »Für mich den Jägerbraten – und für meine Frau …« Und die Frau lächelt still: Was ist

denn in diesem Augenblick auch schon wirklich wichtig?
Alte Leute können unglaublich lange schweigen. Da drüben: Ein Mann und eine Frau sitzen schon eine kleine Ewigkeit beieinander und sagen nichts. Ein lang gelebtes Leben erlaubt die Verständigung in Kürzeln. Sieh da, wie die alte Frau plötzlich ihre kleine Hand in seine große Hand hineinlegt, hineindreht, hineinmogelt – welches Wort trifft diese schnelle Zärtlichkeit genau?
Natürlich wissen die Menschen hier im Raum um den sanften Abstieg, haben sie alle Höhen hinter sich, die Sonne fällt nur noch von der Seite in ihr Leben. Und doch war eine seltsam anrührende, fast fröhliche Stimmung zu spüren. Vielleicht lag es daran, dass überhaupt nichts da war von dem »Schaut-mal-her-wie-fabelhaft-ich-bin-Getue«, das oft die Jüngeren gerne so dreist, so ungemütlich um uns verbreiten.
Dafür gab es jene nachdenkliche Dankbarkeit, die heute so kostbar ist. Und dies alles bei Menschen, die nicht mehr den endlosen Horizont vor sich sehen. Ich habe mit den anderen Alten nicht gesprochen. Aber als ich ging, fühlte ich mich, obwohl ich mich noch mitten im Leben glaubte, mit ihnen sehr verbunden.

Als ich diesen Text vor rund dreißig Jahren schrieb, beeindruckte mich die Bescheidenheit, die Unaufdringlichkeit und auch die Demut, die ich bei der älteren Generation sehen und erleben konnte. Dieses leise Miteinander hatte für mich, der ich aus der Großstadt kam, etwas von einem alten Gemälde. Erschöpft vom Trubel der Stadt, von dem »Sichdurchsetzen« im Beruf, erschien mit das Leben im Tegernseer Tal wie ein Traum, der nicht von dieser Welt ist. Ähnliche Bilder wie in dem Wirtshaus sah ich später bei meinen Reisen, die südwärts gingen, in Italien in abgelegenen Dörfern, wenn man auf der Durchreise in einer Trattoria Halt machte. Auch da gab es dieses »Insichgekehrtsein« der alten Menschen, die aber, wenn man ihnen freundlich zulächelte, durchaus zurücklächelten. Heute weiß ich aus eigener Erfahrung, da auch bei mir die Sonne nur noch von der Seite in mein Leben scheint, dass diese Unaufdringlichkeit auch etwas zu tun hat mit der Erkenntnis, dass man mit seinen Kräften haushalten muss, dass es nicht sehr glaubhaft ist, wenn man als Achtzigjähriger noch auf den Tisch hauen will. Das gilt für alle Fragen des Lebens, an erster Stelle natürlich für die Politik, über die ja jeder sagen kann, was er will, »ändern tut sich darum doch nichts«.

Wer die Jugend zurückholen will, wirkt irgendwie älter

ER WOLLE LEBEN, nur noch »leben«, sagte er, und er ließ sich durch unsere Fragen, was er denn darunter genau verstünde, in keiner Weise beirren. Ja, er wolle jetzt, da er gerade die sechzig überschritten habe, aus jedem Tag herausholen, was an Vergnügungen nur herauszuholen sei.

Vom Besten immer nur das Feinste. Keine Stunde verschenken. Allem Ärger aus dem Weg gehen. In den Beruf nicht mehr Kraft als nötig investieren. »Da muss doch für anderes etwas übrig bleiben.«

Die Melodie, die hier erklang, habe ich in der letzten Zeit so oft gehört, dass ich mich frage, welche hochgepeitschten Wünsche an das eigene Leben die Menschen auf ihrem Egotrip bewegen – kann das Leben denn wirklich ein einziges Fest sein?

Nun sah unser Freund nicht so glücklich aus, wie man angesichts seiner erstaunlichen Pläne vermuten könnte: Den Kurztrip nach Teneriffa hatte er gerade hinter sich (»Ich musste einfach mal Sonne tanken«), jetzt will er eine Städtereise nach Rom einschieben, über Ostern soll dann Amerika an die Reihe kommen (»Der Flug muss nur noch bestätigt werden«) – ein Mann im Wettlauf mit seinem eigenen Schatten und dabei in seiner Seele doch erkennbar nicht glücklich.

Denn das Dilemma, immer nur eines tun zu können und auf alle anderen Erlebnisse verzichten zu müssen – dieses Dilemma kann auch er nicht auflösen. Und so lebt er im Zeitraffer, die Eindrücke wechseln immer schneller, die Schauplätze werden immer bunter, die Dramaturgie gerät dabei unversehens aus der Balance – wo Lebenskunst doch gerade darin besteht, in der Balance zu bleiben –, familiär, beruflich, körperlich, seelisch.

Natürlich beschäftigte dieser lebenshungrige Mann mit seinen Thesen (»Ich will mir noch ein Stück Jugend retten«) unsere abendlichen Gespräche. Keiner, der sich nicht insgeheim fragte, ob sein eigenes Dasein nicht ein bisschen zu still, zu farblos, ja, zu langweilig verläuft, ob er nicht auch ein bisschen mehr in sein Leben »hineinpacken« sollte. Wie überhaupt jedes Gespräch – oft uneingestanden – den Zweck verfolgt, herauszufinden, wo die anderen uns voraus sind, welche von ihren Maximen für uns selbst Gültigkeit haben könnte.

Plötzlich, zu vorgerückter Stunde, waren auch die Philosophen im Spiel; wie könnte es anders sein, wenn nach dem Lebenssinn gefragt wird? Schopenhauer, Kant, Sartre, »New Age« wurden beschworen, sogar Martin Heidegger wurde zitiert, für den die Sorge und die Angst vor dem »Nichts« zum Grunderlebnis des Menschen gehört.

An dieser Stelle des Gesprächs sagte jemand, der die halbe Welt schon ganz und vom »Nichts« noch

nichts gesehen hat, der uns allen in der Runde besonders weise, abgeklärt und gleichwohl immer noch lebensneugierig erschien, den entscheidenden Satz: »Wisst ihr, jeder Mensch muss seinen eigenen Lebensrhythmus finden – und ihm dann einfach treu bleiben: Das ist das ganze Geheimnis.«
Und plötzlich sah der Mann, der immer auf der Flucht auch vor sich selbst ist und der uns vor Minuten noch so faszinierte, ein bisschen verloren aus: Ja, wer die Jugend um fast jeden Preis zurückholen will, wirkt seltsamerweise irgendwie älter.

Brief an mein Alter

MEIN LIEBES ALTER, nun bist du also da, du hast es geschafft, ich wachte gestern nach einem schweren Traum morgens auf und fühlte: Ja, jetzt ist es so weit, da hilft kein Drumherumreden, ich bin mit achtzig im Land des Alters angekommen, ein geheimnisvolles Land. Mein Gott, wenn ich daran denke, wie oft ich in den vergangenen Jahrzehnten von dir gesprochen oder an dich gedacht habe: Wie wird es sein, wenn das Alter Einzug hält und die Gedanken beherrscht? Was ist der Preis dafür, dass ich so lange leben konnte? Über acht Jahrzehnte, eine unvorstellbar lange Zeit, eine geschenkte Zeit, in der ich dem Tod mehrfach »von der Schippe gesprungen bin«, wie man so sagt. Das erste Mal als Fünfjähriger, als ein Arzt in letzter Sekunde meine nach einem Unfall zerrissene Milz entfernte, ich wäre sonst verblutet. Das zweite Mal als junger Soldat im Sperrfeuer der Amerikaner 1945 in Rinteln an der Weser, nur ein Sprung über die Autobahn rettete mich in amerikanische Gefangenschaft und damit in Sicherheit. Und dann gab es sicher viele Momente, da eine gütige Hand mich beschützte, ohne dass ich um die Gefahren wusste. Ja, das Schicksal hat es gut mit mir gemeint.

Und nun also: das Alter! Ich frage mich, liebes Alter, bist du mein Feind? Wie gehe ich mit dir um? Kann man dich zum Freund haben? Als Reporter alter Schule habe ich mich umgehört: Beim Thema Alter schrillen bei den meisten Menschen alle Alarmglocken. Angst vor Demenz! Angst vor Armut! Angst vor Einsamkeit! Angst vor dem ... Tod. Ja, das Wort Tod ist ein Wort, das bei uns Alten ganz groß in Versalien zu lesen ist. Auch wenn wir den Gedanken an den unheimlichen Gesellen lieber verdrängen würden. Und wenn ich mich in der heutigen Fitness-Gesellschaft so umschaue, dann ist ja sichtbar, wie viele von uns als Wellness- und Überlebenskünstler krampfhaft alles versuchen, den Zeitpunkt des Todes so weit hinauszuschieben, wie es nur geht. Mir hat eine kleine Geschichte zu mehr Gelassenheit sehr geholfen, die ich vor Jahren gelesen habe, eine Parabel, die der große weise Somerset Maugham auf die Frage nach seiner Lebensphilosophie zum Besten gab. Es ist ein orientalisches Märchen, das aus einem seiner Bücher davon erzählt, wie vergeblich es ist, Gevatter Tod überlisten zu wollen:

Ein junger Diener sieht auf dem Marktplatz von Bagdad den Tod stehen, in ein Laken gehüllt. Und bittet seinen Herrn: »Leih mir dein schnellstes Pferd, damit ich nach Samarra entfliehe, wo der Tod mich nicht finden wird.« Es geschieht und der Herr begibt sich auf den Markt, wo er den Tod an der nämlichen Ecke stehen sieht. »Mein Diener ist jung und gesund, warum hast du ihn zu dir gewinkt?« »Ich habe deinen Diener nicht herbeigewinkt«, spricht der Tod. »Es war nur eine unwillkürliche Geste der Überraschung, ihn noch in Bagdad zu finden. Während ich doch heut Nacht mit ihm verabredet bin in Samarra.«

Ich frage dich jetzt, liebes Alter: Was habe ich von dir zu erwarten? Werde ich noch ein paar Jährchen machen oder hast du schon etwas für mich vorgesehen? Vielleicht einen Herzinfarkt, der plötzlich kommt und der nach all dem, was man so hört, vermutlich nicht der schlechteste Weg ist, diese Erde zu verlassen.

Unmerklich hast du meinen Alltag verändert. Packe ich die Koffer, um zu verreisen, denke ich schon mal beim Verlassen der Wohnung: Ob ich sie wiedersehen werde? Wenn das Röntgenauge sich auf meinen Körper richtet und ich auf der kühlen Stahlplatte die Diagnose erwarte – kommt jetzt der Hammerschlag Krebs? Glaubt man den Statistiken, dann nehmen die Gefahren von Jahr zu Jahr einfach dramatisch zu – warum soll ich da verschont werden?

Seit ich deine Beute geworden bin, habe ich das Gefühl, dass du einen breiten Schatten auf meine Lebensbahn geworfen hast. Ich gehe nicht mehr wie früher beschwingt auf der Sonnenseite der Straße.

Nein, wo ich jetzt gehe, sind Stolpersteine ohne Ende, und wehe, ich stürze und werde mit dem bekannten Oberschenkelhalsbruch (was für ein hässliches Wort) in ein Krankenhaus eingeliefert. Diese Angst vor einem Sturz lauert fast täglich im Hinterkopf – weißt du das, liebes Alter?

Wenn ich, Journalist seit sechs Jahrzehnten, ein Interview mit dir führen sollte, welche Frage würde ich zuerst stellen? Ich will es dir sagen: Ich würde gerne erfahren, warum der liebe Gott uns Menschen am Ende des Lebens noch einmal so einen großen Brocken in den Weg legt, den wegzuräumen wir Alten oft gar nicht mehr die Kraft haben. Ich meine Einsamkeit, Verlorenheitsgefühle, körperliche Gebrechen, schwindende Geisteskräfte, Schmerzen über Schmerzen, dazu den Verlust vieler Freunde, die schon gegangen sind. Kann es sein, dass der liebe Gott selbst schon altersschwach war, als er das Wunderwerk Mensch schuf? Denn ein Wunder ist ja alles, was mit unserem Leben zusammenhängt, nicht wahr? Aber dem Zauber des Anfangs und den Freuden der mittleren Jahre folgt umbarmherzig das Alter, das nun wahrlich »kein Pappenstiel« ist, um es mal salopp zu sagen. Kein Wunder, dass du zu einem Star in den Medien geworden bist. Selbst junge Menschen wollen heute alles über das Leben der Alten wissen, weil sie spüren: Man muss sich vorbereiten, um mit festem Tritt in diese neue bizarre Welt einzutreten, man muss vorsorgen, damit man später nicht in Armut versinkt – man ahnt, dass die Finanzierung der zwanzig Millionen Rentner, die heute schon in Deutschland unterwegs sind, vielleicht eines Tages gar nicht mehr möglich ist. Das Damoklesschwert, das über uns hängt, hat einen schrecklichen Namen: Rentner-Schwemme!

Wir betreten, liebes Alter, dein geheimnisvolles Land, entweder gleitend, so dass wir es kaum bemerken. Oder es geschieht in einem schmerzhaften Ruck, beispielsweise nach einer schweren Krankheit oder nach einem Schicksalsschlag, wenn der Tod eines lieben Menschen uns Grenzen aufzeigt. Wenn man plötzlich erkennt: Ein Zurück zu den Ufern der Jugend, zu den Spielwiesen der Erwachsenen, die das Leben in ihrer ganzen Fülle noch haben, wird es nie mehr geben. Der größte Irrtum des Menschen ist der Gedanke, den wir alle denken, wenn wir im Alltagstrott dahinleben: Wir haben ja noch Zeit. Ein trügerisches Gefühl. Wir tun so, als ob Zeit eine Sache ist, die wie ein Batzen Geld in einem Tresor verschlossen ist und auf uns wartet. Und die wir uns dann eines Tages abholen können. Dabei ist die unerbittliche Wahrheit eine ganz andere: Zeit ist der flüchtigste Stoff in unserem Leben, wir können sie nicht festhalten, nicht hin- und herschieben, nicht kaufen, was uns besonders schmerzhaft bewusst wird, weil wir ja irrtümlich glauben, uns fast alles mit

Geld kaufen zu können. Wir können Zeit nicht kommandieren, nicht manipulieren, wir können sie höchstens verlieren. Die Zeit ist immer … jetzt und dann vorbei. Die Zukunft reicht immer nur bis zum nächsten Glockenschlag – oder bis zu den nächsten »Tagesthemen«, dem täglichen Krankenblatt der Weltgeschichte. Die Zeit ist wie eine große Standuhr, sie rasselt ständig und ruft uns in gewaltigen Schlägen die eine und einzige Wahrheit zu: »Pfeilschnell ist das Jetzt entflogen – ewig still steht die Vergangenheit« (Schiller). Und daraus folgt: Man sollte keinesfalls auf später warten, auf die Zeit, die man niemals hat, sondern die immer nur verfliegt und verfliegt und verfliegt …

Die wahre Meisterschaft in der Lebenskunst besteht darin, dem Gefühl »Carpe diem« immer wieder – bei allem Alltagsstress – nachzugehen, den Tag zu pflücken. Und ich habe in der gesamten Weltliteratur keinen Text gefunden, der die Stimmung der Sehnsucht nach einem vollendeten Leben so meisterhaft beschreibt, wie es der argentinische Dichter Jorge Luis Borges getan hat. Es sind Zeilen, die Sehnsucht aufkommen lassen nach all dem, was wir in jüngeren und mittleren Jahren im Geschwindigkeitsrausch des eigenen Lebens meist versäumen:
»Wenn ich mein Leben noch einmal leben könnte, im nächsten Leben würde ich versuchen, mehr Feh-

ler zu machen. Ich würde nicht so perfekt sein wollen. Ich wäre ein bisschen verrückter, als ich gewesen bin. Ich würde mehr riskieren, würde mehr reisen, mehr Sonnenuntergänge betrachten, mehr auf die Berge steigen, mehr in Flüssen schwimmen. Ich war einer dieser klugen Menschen, die jede Minute ihres Lebens fruchtbar verbrachten. Freilich hatte ich auch Momente der Freude, aber wenn ich noch einmal anfangen könnte, würde ich versuchen, nur mehr gute Augenblicke zu haben. Falls du es noch nicht weißt, aus diesen besteht nämlich das Leben, nur aus Augenblicken. Vergiss nicht den jetzigen! Wenn ich noch einmal leben könnte, würde ich von Frühlingsbeginn an bis in den Spätherbst barfuß gehen. Und ich würde mehr mit Kindern spielen, wenn ich das Leben noch vor mir hätte.«

Wenn ich nun diesen Brief an »Mein Alter« schreibe, dann weiß ich, dass es mit keinem anderen Alter vergleichbar ist. Milliarden Menschen sind unterwegs – und jeder hat ein eigenes Alter. Fast hätte ich gesagt: maßgeschneidert. Bis in den letzten Faltenwurf. Der eine steht am achtzigsten Geburtstag völlig zerzaust da, der andere noch stabil, und wer ins ganz hohe Alter bis neunzig oder gar hundert vorstößt, der bekommt eine Notiz in der Zeitung, einen Gruß vom Bundespräsidenten, vielleicht den Besuch des Bürgermeisters. Und die Reporter fragen, wie die Hochbetagten es denn geschafft haben,

diese eisige Höhe zu erklimmen, denn eisig ist es da oben, weil man einsam geworden ist.
Aber, und das hat die Natur wunderbar eingerichtet, man ist nicht hilflos. Man kann den Blickwinkel aufs eigene Leben ändern. Mir ist ein Gespräch unvergesslich, das ich mit einem Mann führte, der ganz dicht dran war am Geschehen der Welt, über drei Jahrzehnte als Sprecher der »Tagesschau«. Er sah tagtäglich durch sein Medium, wie sich unser Globus unter Schmerzen krümmt, wenn Naturkatastrophen Hunderttausende Menschenleben fordern, er sah den Jubel, wenn Großartiges gelingt in Politik, Wissenschaft, Kunst und Sport. Und ich wurde hellhörig, als dieser Mann, inzwischen pensioniert und über siebzig, in einer Talkrunde sagte: »Ich sehe mit Heiterkeit, dass es zu Ende geht.« Wahrlich, das war ein Satz, der mich nachdenklich stimmte. Da wollte ich schon mal von ihm wissen: »Wie machen Sie das eigentlich: heiter dem Tod entgegengehen?« Es gab nur eine kurze Pause, dann kam als Antwort eine Gegenfrage: »Haben Sie schon mal etwas von Demut gehört?« Das also war das Schlüsselwort: Demut. Ein altmodisches, ein vergilbtes Wort aus der Schatztruhe meiner Großmütter, die noch das Tischgebet sprachen und sonntags »Lobe den Herrn« sangen.

Nun sagte Wilhelm Wieben, was wir alle sagen: »Die Zeit läuft ab, es geht schneller, als wir denken, aber da ist keine Melancholie, keine Depression.« Hehre Worte, aber wie setzt man sie im Alltag um? »Indem man erkennt, dass man vom Schicksal gesegnet ist, in dieser Zeit zu leben. Wir sind die Erben einer großen kulturellen Geschichte. Ich kann mir für ein paar Euro ein Taschenbuch kaufen, ich kann die schönsten Gedichte aus vielen Jahrhunderten lesen. Ich kann mir jede Musik von jedem Genie auf CD ins Haus holen und mich ungestört in wunderbare Musik versenken. Das sind nur zwei Beispiele, wie leicht man heute des Lebens ganze Fülle genießen kann.« Wenn die Sonne scheint, geht »Mr. Tagesschau« an der Alster in Hamburg »sehend« spazieren, bleibt schon mal vor einer Rose stehen, um ihren Duft einzuatmen. Das ist selten geworden in einer Epoche, die entgegen der allgemeinen Ansicht keine Epoche des Sehens ist. »Die Verehrung unserer Epoche gilt den Schattenrissen«, beobachtete schon vor Jahrzehnten der französische Feingeist Jean Cocteau. Ja, wir haben uns buchstäblich an das Fern-Sehen gewöhnt und das Nah-Sehen verlernt. Wer verweilt heute noch in einem Gesicht? Nein, wir tasten es heute blitzschnell ab, wie Scanner im Supermarkt, den Strichcode. Und das macht unser Leben ärmer. Wer heiter durch den Herbst seines Lebens laufen möchte, sollte den Botschaften all jener Menschen lauschen, die dort schon angekommen sind. Und die glücklich sind, weil sie um die Wahrheit wissen: Ein altes

Leben in Demut kann durchaus ein gutes Leben sein, allen Schwierigkeiten zum Trotz.

Mein liebes Alter, mit diesen Worten schließe ich meinen Brief an dich. Ich füge der Demut noch ein zweites Wort hinzu: Dankbarkeit für schon gelebtes Leben. Eingedenk der Worte, die Seneca schon vor zweitausend Jahren schrieb und die gültig sind für alle Zeiten: »… denn darin irren wir, dass wir den Tod als etwas Zukünftiges erwarten: Er ist zum großen Teil schon vorüber – alles, was von unserem Lebensalter hinter uns liegt, hat der Tod in Händen.«
Dem ist wahrlich nichts hinzuzufügen, höchstens vielleicht noch ein Satz des guten alten Ciceros, geschrieben ebenfalls vor zweitausend Jahren: »Niemand ist so alt, dass er nicht glaubt, noch ein Jahr leben zu können.«

Wann überschreiten wir die Grenze zum Alter?

Irgendwann gehen wir über die Grenze. Wir wissen nicht, wann es geschieht. Vielleicht betreten wir auch zuerst ein Niemandsland, in dem wir noch ein bisschen hin und her schwanken in dem trügerischen Gefühl, eigentlich noch ganz jung zu sein.

Aber irgendwann werden wir dann doch unerbittlich über diese Grenze in das weite unbekannte Land gestoßen, das Alter heißt. Es kann eine schwere Grippe sein, ein Todesfall, irgendein Schicksalsschlag.

Und wenn wir diese Hürde überwunden haben und uns wieder einfädeln in den Strom des Lebens, kommt plötzlich der Augenblick, in dem wir erkennen müssen: Auf die Überholspur kommen wir nun nicht mehr rüber.

Wann er sich denn entschieden habe, alt zu sein, wurde kurz vor seinem Tod Marcello Mastroianni gefragt, der sich als weltbekannter Schauspieler und Frauenheld sehr schwer mit dem Gefühl tat, von dieser Lebensbühne eines Tages einfach so verschwinden zu müssen. »Jede Verlängerung des Lebens würde mich trösten«, bekannte er, schon über siebzig, als er schon im Niemandsland angelangt war.

Ob man alt sei, entscheide man nicht. Das komme von außen, vom Himmel, von irgendwoher – sei dann aber mit aller Macht da und irgendetwas habe sich von diesem Moment an verändert.
»Als ob ein Rädchen im Getriebe nicht mehr richtig funktioniert«, sagte der Schauspieler. »Vielleicht ist es nur eine Falte am Mund, eine Falte auf der Stirn.«
Verständlich, dass einer aus der Gilde der Schauspieler, die sich manchmal selbstironisch auch gerne »Gesichtsverleiher« nennen, zuerst an die äußere Wirkung denkt.
Aber dann, welch ein Trost, kriegt Marcello doch noch die Kurve zu seiner schönsten Rolle als Frauenbetörer: »Vielleicht ist plötzlich auch der Blick anders, mit dem man jetzt den Frauen folgt: milder, weniger aggressiv.« Ja, er sei nun in einem Alter, »in dem die Frauen dich in den Schlaf wiegen wollen und tatsächlich schläfst du auch glücklich ein«.

Und wo ist der Punkt, an dem er die Grenze zum Alter überschritt, raus aus dem Niemandsland, wo man sich noch etwas in die Tasche mogelt von wegen ewige Jugend? Vielleicht war es wirklich der Moment, an den er sich genau erinnert, als seine Tochter ihn an die Hand nahm, weil der Vater eine stark befahrene Straße überqueren musste.
Wenn eine Entwicklung innerlich vorbereitet ist – und das Älterwerden macht keine Ausnahme –,

dann nimmt sie eines Tages unweigerlich ihren Lauf, unter Umständen dramatisch mit den schon erwähnten Schicksalsschlägen. Doch manchmal kommt sie auch maskiert daher, in kleinen Schritten, in absichtslosen Gesten, die hilfreiche Hand der Tochter oder auch die eines Fremden am Straßenrand kann es sein.

Als mich gestern jemand sieben Jahre jünger schätzte und ich sofort drei Jahre davon abrechnete, weil ich seine freundlichen Worte ganz simpel für ein liebenswürdiges, aber übertriebenes Kompliment hielt, da blieben immer noch vier Jahre übrig, die ich nach seiner Meinung jünger ausschaue, als ich bin.

Und was soll ich sagen: Es gefiel mir! Es ist zwar kindisch, aber es gefiel mir. Warum will man eigentlich nicht zu seinem Alter stehen, warum ergibt man sich dem grassierenden Jugendwahn?

Die ausgleichende Gerechtigkeit, die in unser Leben auf wunderbare Weise eingebaut ist, schenkt den Alten angeblich, was es nur jenseits des Niemandslandes gibt: die Weisheit des Alters.

Ich wünsche mir, dass mich diese Weisheit rechtzeitig erreicht: damit ich mit ihr mein Alter besser meistern kann. Ich fürchte nämlich nach allem, was ich darüber gelesen habe: Man hat diese Weisheit an dem Tag, da man über die Grenze geht, wirklich bitter nötig.

Zeugen eines gelebten Lebens

Ich muss dir einfach schreiben, mein lieber Freund, denn ich kann sehr gut nachempfinden, was dich beschäftigt, ja zu quälen scheint, wenn ich deine Frage richtig deute, die du mir gestern am Telefon gestellt hast, die Frage nämlich, ob du all die vielen Briefe und Fotos, die du seit der »fröhlichen Studentenzeit« gesammelt hast, dem Feuer anheimgeben sollst – oder nicht.

Du bist in den Keller gegangen, hast dich in die hinterste Ecke verirrt, einen alten Koffer voller Erinnerungen entdeckt, in dem sich fünfhundert oder tausend oder mehr Briefe und andere Zeugnisse deines gelebten Lebens befinden – und fragst dich nun: Wird sich je jemand für all das interessieren, was sich da angehäuft hat?

Eigentlich hast du all die Briefe, die Schulzeugnisse, die Urkunden, die vergilbten Ausweise gesammelt, weil … ja, so genau kannst du die Frage heute nicht mehr beantworten. Weil die Kinder, die Enkel das vielleicht einmal lesen wollen? Oder weil du selbst anhand dieser Dokumente noch einmal den Film deines Lebens in Gedanken abspulen willst?

Es sind Schätze darunter, keine Frage. Du hast mir davon vor Jahren erzählt. Die Briefe an deine Mutter aus der Gefangenschaft 1944 in Frankreich, als du blutjung den ersten Toten gesehen hast, zum Skelett abgemagert, verhungert, ein Kumpel im Zelt neben dir. Viele Briefe gibt es aus den Jahren, als es dann bergauf ging, das erste Auto 1953, ein Volkswagen mit Zwischengas, 3300 Mark kostete der Spaß, in zwölf Raten bezahlt. Und als du mit ihm erstmals über den Brenner nach Bella Italia geschnurrt bist, waren die Raten vergessen.

Dein ganzes Leben kannst du nachlesen, im Widerschein der Briefe, die dich aus dem großen Kreis deiner Familie und deiner Freunde erreichten. Auch die ersten Liebesbriefe deiner Frau sind darunter, »von einer Zärtlichkeit, die nachzuempfinden fast schmerzhaft ist«, wie du dich erinnerst.

Umso mehr denke ich, dass dich die Melancholie des Älterwerdens plötzlich gestreift hat, dieses Gefühl, dass man umso einsamer wird, je weiter die Zeiger auf der Lebensuhr voranschreiten – und dass ein gedanklicher Ausflug in die Vergangenheit gar nicht so erfreulich ist und in Wahrheit die Verengung des Lebens in der Gegenwart erst richtig deutlich werden lässt. Und dann die Kinder, die Enkel! Es ehrt dich, dass du deinen Erben ersparen möchtest, zu entscheiden, was »mit dem Gerümpel« zu geschehen hat – übrigens keine schmeichelhafte Formulierung für den ungehobenen Schatz in deinem Keller.

Vielleicht kommt es ja aber auch ganz anders, als du heute vermutest: dass die Kinder oder Enkel nämlich eines Tages den Koffer öffnen und mit zuneh-

mender Spannung einsteigen in eine Lektüre, die man in keinem Geschichtsbuch findet. Und was sie lesen werden, ist höchst privat, nicht anonym, sondern hat mit einem Menschen zu tun, den sie kannten und liebten.
»Die Tür der Vergangenheit ist ohne Knarren nicht zu öffnen.« Kennst du dieses schöne Dichterwort? Mögen deine Kinder heute auch ihre Ohren viel zu oft auf Durchzug stellen, sobald du beginnst, von den »alten Zeiten« zu erzählen oder gar zu schwärmen, so haben sie später, reifer geworden, vielleicht doch den Wunsch, mehr von deinem Leben zu erfahren, als sie heute wissen wollen. Und die vergilbte Post wird zur aufregenden und authentischen Lektüre. Dann wollen sie vielleicht doch das Knarren hören …
Aber ich gebe zu, lieber Freund: Wir drehen uns diesmal leider im Kreise. Es kann richtig sein, den Koffer nicht zu öffnen, ihn stehen zu lassen, wo er steht. Es kann richtig sein, die Reise durch ein halbes Jahrhundert anhand der Briefe und Fotos noch einmal anzutreten. Und es kann richtig sein, wenigstens die wichtigsten Dokumente herauszufischen und für die Erben aufzuheben – in einem kleineren Koffer.
Nur eines ist bestimmt nicht richtig: über fünfzig Jahre lang Korrespondenz und Urkunden zu sammeln und sie dann spontan ins Feuer zu werfen, nur weil gerade mit der Frage: »Wozu das alles?« ein Schatten auf deine Seele gefallen ist.

Wir sprechen heute nicht mehr von »holden Töchtern« – aber es gibt sie noch

ALS ICH IHN schon von ferne vor einem Schaufenster im Dämmerlicht stehen sah, leicht gebückt, gedankenverloren, war mein erster Gedanke, diesmal vorbeizuhuschen, denn ich hatte es eilig, und wir hatten uns ja erst vor ein paar Tagen gesprochen.

Dann kam ich in seine Nähe, er starrte immer noch in die Auslage, ich hätte glatt vorbeigehen können, aber aus Gründen, die ich mir auch im nachhinein nicht erklären kann, blieb ich nun doch an seiner Seite stehen, mit einer heiter hingeworfenen Frage: »Wie geht's Ihnen denn heute?«

Meine Stimme hatte sich sekundenschnell in diese heitere Tonlage erhoben, weil ich ihn immer nur strahlend, erfolgreich und also heiter kannte – es wäre falsch gewesen, ihn anders anzusprechen.

Aber diesmal war es falsch! Denn nun drehte er sich zu mir um, ich blickte in sein Gesicht, sah seine rotgeweinten Augen, die Aura um ihn war voller Traurigkeit.

»Meine Frau hat mich verlassen«, sagte er mit stockender Stimme. Ich wusste natürlich sofort, dass es hier nicht um Scheidung ging, dafür waren die beiden viel zu sehr ein Paar, zusammengeschweißt über Jahrzehnte, mit Kindern, ein Paar, für das das

Gelöbnis »bis dass der Tod euch scheidet« keine Floskel war.
Nun berichtete er, dass seine Frau vorgestern gestorben sei, »in der Intensivstation«, ein Schmerzanfall hätte sie vor ein paar Tagen überwältigt, dann sei der Arzt gekommen, dann der Krankenwagen, dann das grausame Warten am Krankenbett, »aber sie hat das Bewusstsein nicht mehr wiedererlangt«.
Seine Tochter sei sofort zu ihm gekommen, nur mit einem kleinen Koffer, sie würde auch in den nächsten Wochen um ihn sein. »Es ist schön, in solchen Tagen eine Tochter zu haben.«
Der alte Herr beugte sich zu mir vor, er sprach davon, dass die Tochter ihm nun etwas von der Liebe zurückgeben würde, die er zeitlebens für sie empfunden hatte.
Ich sagte, dies sei doch sicher ein kleiner Trost, und er meinte, dass nicht jeder Mann in einer solch »glücklichen Lage« sei wie er.

Väter und Töchter – das ist ein geheimnisvolles Wechselspiel, mit keiner Beziehung vergleichbar, eine Liebe, die auch im Tempo des dahinfliegenden Lebens Bestand hat, »auch wenn wir manchmal nur einmal im Monat telefoniert haben«.
Bis dann eines Tages ... Der alte Herr erkennt plötzlich, wie sehr mich die Nachricht erschüttert, und so gibt er mir die Hand, als ob – verkehrte Welt! – er mich nun trösten müsse. »Machen Sie sich keine

Sorgen«, sagt er zu mir, »wenn ich jetzt nach Hause komme, ist meine Tochter da, da kann nichts passieren, da kann wirklich nichts passieren.«

Ich musste an die Worte des griechischen Dichters Euripides denken: »Für einen greisen Vater gibt's nichts Holderes als eine Tochter.« Zweitausend Jahre Menschheitsgeschichte haben an dieser Wahrheit nichts geändert, auch wenn wir uns – modern, wie wir sind – heute schwertun, von »holden Töchtern« zu sprechen. Aber es gibt sie, und sie sind da, wenn sie gebraucht werden.

Wie lange stand ihr Auto schon unter der Laterne?

Seltsam, das Auto war mir gar nicht aufgefallen, das dort unter der Laterne stand, in der Straße, in der ich wohne, die ich täglich mehrmals auf und ab gehe, denn die Kulisse der parkenden Wagen ist sich irgendwie immer ähnlich – bis ich vor ein paar Tagen schließlich doch nachdenklich wurde.
Wie lange parkt der Wagen nun schon dort an derselben Stelle, etwas zu schräg zur Straße hin, als sei er in Eile abgestellt worden? Vier Tage oder fünf oder gar sechs? Ich wusste es nicht.
Aber mein Unterbewusstsein meldete sich. Ich schaute in den Fond des Wagens, dort lag ein Strohhut, das war doch ihr Talisman, eine Packung Zigaretten, war das nicht ihre Marke?
Am nächsten Tag: derselbe Anblick. Am übernächsten Tag wieder. Etwas musste meine Nachbarin ans Haus fesseln, und ich beschloss, sie anzurufen.
Aber als ich abends den Fernseher einschaltete, kamen die Horrormeldungen, und so vergaß ich das Telefonat.

Es ist immer wieder verblüffend, wie Ereignisse, die in der fernsten Ferne spielen und uns nur über den Bildschirm erreichen, die naheliegenden Dinge verdrängen können. Und es war naheliegend, sie anzu-

rufen und Hilfe anzubieten! Denn längst hatte unsere jahrzehntelange Straßenbekanntschaft den Charakter einer wechselseitigen freundschaftlichen Zuneigung angenommen.
»Wenn ich etwas für Sie tun kann, melden Sie sich doch bitte«, das waren ihre Worte gewesen, als wir zuletzt vor ein paar Wochen über eine geschäftliche Angelegenheit redeten.

Am nächsten Morgen stand das Auto noch immer auf derselben Stelle, und mich überfiel das Gefühl eines unentschuldbaren Versäumnisses.
Im Büro angekommen, rief ich sie sofort an. »Ihr Wagen ist seit Tagen unbenutzt«, sagte ich, ob es dafür einen »schlimmen Grund« geben würde, ob sie ihn mir nennen wolle, ich möchte natürlich nicht in ihr Privatleben eindringen.
Es sei nett, dass ich mich gemeldet hätte, erwiderte sie, »nein, keine Panik bitte!«. Sie sei nur krank, »aber es geht schon langsam wieder aufwärts«.
Ob ich ihr irgendetwas besorgen dürfte, ob sie sonst Hilfe brauche – aber ehe ich mein Angebot richtig formulieren konnte, winkte sie schon ab.
»Kein Problem, vielen Dank, der Herr von nebenan hat sich rührend um mich gekümmert.«
Das war ein Satz wie ein Geschoss! Denn jetzt erfuhr ich, dass der Herr von nebenan genau jener war, den ich für einen Taugenichts hielt, der sich in der »sozialen Hängematte« wiegt, ohne »geregelte

Arbeit« und alle anderen Ingredienzen bürgerlichen Lebens.

Und als sie mir dann noch sagte, dass das schon seit drei Wochen so ging – »so lange habe ich das Steuer nicht mehr angefasst« –, da schämte ich mich vollends.

Ich musste plötzlich an das Wort von Saint-Exupéry denken, wonach man nur mit dem Herzen gut sieht. Und ich fragte mich: Wie konnte ich nur eine so erschreckend lange Zeit ein parkendes Auto übersehen, das direkt vor der Haustür steht, überdies vom matten Licht einer Straßenlaterne beschienen?

Ein Brief mit schwarzem Rand

NUN, DA DIE Nachricht seines Todes gekommen ist, denke ich noch einmal über seine Worte nach, soweit ich sie noch in Erinnerung habe. Ich versuche mir genau vorzustellen, wie es gewesen ist, als ich vor ein paar Tagen bei ihm anrief, wie unser Gespräch in Gang kam, wie sich unsere Sätze aneinanderhängten. Auch den Tonfall versuche ich noch einmal zu erspüren; denn nun weiß ich ja, dass es nie wieder die Möglichkeit eines Gespräches geben wird. Die Nachricht kam soeben, der Brief war schwarz umrandet, die Unerbittlichkeit ist erschreckend.

Ich erinnere mich genau, dass ich zuerst angerufen hatte. Das ist tröstlich. Ich hatte mich also doch noch gemeldet, obwohl ich doch immer dachte, dass zwischen all den Terminen keine Zeit mehr blieb, denn eine Zeit lang, ein paar Wochen lang, war da eine Pause, eine ungewollte Pause. Es hat ja jeder seine alltäglichen Dinge zu betreiben, es schieben sich immer die angeblich so wichtigen Fragen in den Vordergrund, dass man zum Wesentlichen nicht mehr findet. Und dann notiert man auf einem kleinen Zettel nur: Morgen … anrufen – und den Namen – und vielleicht die Nummer.

Natürlich erinnere ich mich heute, da ich um die Unwiederholbarkeit dieses Gespräches weiß, an alle Einzelheiten. Ich erinnere mich, dass ich mit einer Bagatelle begonnen hatte, mit einer dieser Belanglosigkeiten, als ob mir der Mut fehlte, ihm zu sagen, dass ich eigentlich nur wieder einmal mit ihm sprechen und seine Stimme hören wollte; zumal ich erfahren hatte, dass er krank gewesen war.
Er muss meine Verlegenheit gespürt haben, aber er ließ es mich nicht spüren: Ganz schnell zog er das Gespräch von dieser Belanglosigkeit weg. Es war dies eine Begabung, die ich bei ihm schon seit drei Jahrzehnten bewunderte. Immer steckten wir nach wenigen Sätzen mitten in den Sinnfragen des Lebens, die sich ja hinter den Querelen des Tages verbergen. Es war auch in wenigen Sekunden wieder jene Übereinstimmung da, die vergessen ließ, wie die Zeit dahinging – es wurde ein langes Gespräch.
Und dann: der Schluss. Er kam, wenn ich heute daran zurückdenke, etwas schnell; wir sagten, dass wir uns ja bald sehen würden, dass man überhaupt öfter miteinander sprechen sollte – und dann legten wir die Hörer auf. Ich wusste, dass an diesem Tag nirgends mehr ein besseres Gespräch zu holen war. Und über alle folgenden Stunden legte sich jenes Gefühl, das sich nur nach einem guten Gespräch einstellt und das zu den glücklichen Momenten dieses Lebens gehört.

Und jetzt kam dieser schwarz umrandete Brief. Wir können natürlich nicht mit dem bestürzenden Gedanken leben, dass jedes Telefonat vielleicht das letzte sein könnte. Wir können auch nicht so leben, als ob wir ewig weitersprechen können. Und irgendwo dazwischen ist alles verborgen: Glück und Schmerz und Ohnmacht …

»Über Krankheiten wird heute nicht gesprochen«

WIR ALLE WISSEN und haben es immer wieder erlebt, dass es nicht nur schwer ist, mit Krankheiten umzugehen und mit ihnen fertig zu werden, sondern dass sogar schon das Gespräch über Krankheiten die größte Behutsamkeit erfordert, zu der wir überhaupt fähig sind.
Wie ist es beispielsweise bei Ihnen? Sprechen Sie gern über Leiden, es mögen die eigenen oder die Ihrer Gesprächspartner sein? Oder denken Sie, dass Sie ein Tabu berühren, wenn Sie von Krankheiten reden?
Oder halten Sie es wie eine Freundin von mir, die in dem Augenblick, da sie ihre Gäste zu Tisch bittet, nur den einen Wunsch äußert: »Über Krankheiten wird heute Abend bitte nicht gesprochen.«
Mit diesem Wunsch, der eher einem Befehl gleicht, will die Hausherrin verhindern, dass der Abend entgleist, dass er seine Leichtigkeit verliert, dass er hineingleitet in eine Stimmung, die sonst nur in den Wartezimmern der Ärzte und in den Fluren der Krankenhäuser und Sanatorien zu Hause ist.

Nun wissen wir aus Erfahrung und Beobachtung alle, dass das Bedürfnis, über die Beschwernisse und Beschwerden des Lebens zu sprechen, riesengroß

ist. Ja, dass Krankheiten sogar ein Motor für Konversation sein können.
Kurt Tucholsky hat in einer entzückenden Geschichte davon berichtet.
»Was ist Ihr Geheimnis?« wird ein Milliardär gefragt, dem bei Empfängen Hunderte von Menschen vorgestellt werden, die er zuvor nie gesehen hat und mit denen er sich gleichwohl immer auf das trefflichste unterhält. Die Antwort des Mannes ist ebenso banal wie menschenklug. »Wissen Sie, ich habe mir da eine todsichere Methode ausgedacht«, verrät der amüsante Menschenkenner. »Ich frage jeden Menschen, der mir vorgestellt wird, nur eines: Was macht Ihr Leiden?«
Mit diesem Trick gibt es keine Probleme beim Small Talk.
Nun wissen wir von dem in sich selbst verliebten Dichter Oscar Wilde, dass die Kunst eines Gesprächs genau darin besteht, »alles zu berühren und sich in nichts zu vertiefen«, womit – kein Zweifel – allerdings nur dem Oberflächengespräch gehuldigt wird.
Menschliches Leid, Schmerzen, das Elend der hilflosen Kreatur, Krankheiten aller Art sind nicht der Stoff, über den man leicht und locker hinwegpalavern könnte.
Es soll schon vorgekommen sein, dass jemand auf die schnell hingeworfene Frage »Geht es Ihnen gut?« die Antwort bekam: »Ich habe noch einen Monat zu leben.«

Ja, was würden Sie in einem solchen Fall tun? Drehen Sie dann ab? Gibt es angesichts der Unerbittlichkeit des Schicksals eigentlich überhaupt noch so etwas wie eine seelische Hilfe?
Vielleicht bleibt uns, wenn Krankheiten zur Sprache kommen, nur eines: das Zuhören. Ich meine, das richtige, lange, geduldige Zuhören.
Achten Sie dieses Zuhören nicht gering! Wir können allenfalls ahnen, wie viele Patienten darunter leiden, dass selbst Ärzte so oft auf den Minutenzeiger schauen, wenn sie ihre Patienten im wahrsten Sinne des Wortes »verarzten«. Weil leider die Zeit, die sie aufwenden, in keiner Gebührenordnung ehrlich bemessen wird.
So bleibt die Frage, ob man über Krankheiten eher reden oder eher schweigen soll, im Prinzip unentschieden.
Aber dass die Antwort auf diese Frage über mehr entscheidet als über einen unbeschwerten Abend, wie ihn sich meine Freundin wünscht, das scheint leider gewiss.

Nach dem Tod des Vaters: Plötzlich ist es für Fragen zu spät

NEIN, DAMIT HABE er nicht rechnen können, sagte er mir Monate nach dem Tode seines Vaters. Die Nachricht sei für ihn ganz überraschend gekommen, der alte Herr sei noch recht rüstig gewesen, von ein paar Herzrhythmusstörungen abgesehen. »Die hatte er schon lange«, aber dann hörte das Herz eben doch plötzlich auf zu schlagen.
Die Trauer sei bei ihm in Wellen gekommen, sagte er weiter, und es gäbe auch jetzt noch keine Linderung über den Verlust, er habe noch nichts von dem Trost erfahren, der sich in dem Satz verbirgt, dem zufolge angeblich »die Zeit alle Wunden heilt«.

Was ihm heute zu schaffen mache, sei die Tatsache, dass er seinem Vater noch so viele Fragen stellen wollte: nach seinen Erfahrungen mit dem Leben, den Höhen und Tiefen, die er genießen konnte und erdulden musste, nach seinen Gefühlen, als er, nach dem Tod seiner Frau, in eine kleinere Wohnung an den Stadtrand umziehen musste – ob er sich da einsam fühlte oder nicht, ob er glücklich war, was immer man darunter verstehen mochte. Alter ist ja eine Erfahrung, die man nur um den Preis des Altwerdens machen kann.

Er erinnerte sich daran, dass die Gespräche mit seinem Vater – in der Rückschau betrachtet – doch zu sehr an der Oberfläche geblieben waren: wie er mit dem Haushalt zurechtkommt, welches Buch man lesen sollte, was er von Politik hält, Ratschläge für die kleinen Reisen, die der alte Herr unternehmen konnte, ein paar Steuertipps – Alltägliches eben.

Manchmal erzählte der Vater Geschichten aus seinem Leben, aus Schule, Militärzeit, Gefangenschaft, dem beruflichen Aufstieg – aber in den letzten Jahren schickte er immer häufiger den Satz voraus: »Bitte unterbrich mich, wenn ich dir die Geschichte schon erzählt habe.« Da habe er sich geschämt – und seinen Vater erzählen lassen, obwohl er schon kannte, was er hörte, nur um ihn nicht zu verletzen. Denn seit seiner Pensionierung war nicht mehr viel Neues dazugekommen, wie denn auch?

Ihm war aufgefallen, dass sein Vater in letzter Zeit immer weniger gelacht hatte.

Und so komme für den Sohn zu dem Verlust des Vaters der Verlust der Möglichkeiten, sich von ihm ein Stück jener Welt erklären zu lassen, die noch vor ihm selbst im Dunkeln liegt.

»Wir haben uns einfach nur unterhalten, wenn wir uns sahen, dabei hätten wir miteinander sprechen, richtig sprechen sollen«, sagte er. »Man denkt eben immer, dazu sei ja noch Zeit«, fügte er hinzu und wusste doch zugleich, dass dies genau der Irrtum ist, in dem wir alle miteinander gefangen sind. Und dass wir auch gar nicht die Kraft zu solchen Gesprächen haben, weil wir uns oft wie Kreisel um die eigene Achse drehen.

Diese Hilflosigkeit, wenn man jemanden im Krankenhaus besucht!

GLEICH WERDE ICH ihn sehen, ich muss nur noch den grauen Korridor hinter mich bringen, die steile Treppe habe ich schon genommen. Die Bilder, die ich nur flüchtig – wie in einem zu schnellen Film – gesehen habe, versuche ich zu verdrängen: Kranke überall, Ärzte, Schwestern. Ich war plötzlich in einer anderen Welt.

Nun öffne ich die Tür zu Zimmer 14, ich sehe ihn dort liegen – schmal ist er geworden, die Haut bleich, die weißen Hände liegen kraftlos auf dem Laken. Die Operation nach dem Unfall hatte vier Stunden gedauert, die Intensivstation zwei Tage, so etwas bleibt nicht ohne Spuren. Er hebt den Kopf – und erkennt mich. Ein Lächeln. Mehr nicht. »Schön, dass du da bist.« Das Reden fällt ihm schwer. Ich rücke einen Stuhl an sein Bett. Soll ich meinen Mantel anbehalten, um ihm zu zeigen, dass ich nur kurz bleibe – oder soll ich ihn ausziehen, damit er nicht denkt, ich wolle hier schnell raus? Was ist richtig, wenn man Kranke besucht?
Soll man von dem Leben da draußen erzählen, von den Dingen, die im Betrieb so laufen, von der Politik, weil er keine Zeitungen gelesen hat? Oder soll man über ihn selbst sprechen: den Unfall, die

Schmerzen, die Operation, die Ärzte – und wie hier die Betreuung ist?
Das Buch, das ich ihm mitgebracht habe, hatte ich längst auf seinen Nachttisch gelegt, weil mir klar geworden war, dass er gar nicht lesen kann in diesem trostlosen Zustand. Ich hätte doch vielleicht lieber Blumen mitbringen sollen. Aber Blumen werden ja immer vor die Tür gestellt. Ich habe das Gefühl, ich sollte Unverbindliches berichten, Geschichten aus dem Büro, die hört er immer gern. Ein paar Minuten geht es auch gut, aber dann schiebt sich plötzlich eine unsichtbare Wand zwischen uns, seine Konzentration lässt nach, es ist alles für ihn so weit weg.
Ob ich ihm die Tasse Tee reichen könnte, die neben ihm steht? »Die Schwestern haben viel zu tun«, sagt er, als ob er sich für seine kleine Bitte entschuldigen müsste.
Ich fühle mich elend. Eigentlich kann ich ihm nicht helfen. Der Kontrast zwischen ihm und mir, der ich aus der lauten Betriebsamkeit der Welt da draußen komme, wird von Minute zu Minute größer.

Ich erschrecke plötzlich bei der Erinnerung daran, dass wir beide vor einer Woche noch gemeinsam in einer Konferenz saßen, dass wir anschließend noch mit ein paar Freunden zu fröhlichem Abendessen in einem Restaurant waren – und wie sich innerhalb von zweihundert Stunden für ihn alles verändert hat.

»Schön, dass du da gewesen bist«, sagt er nun, noch etwas leiser als vor zehn Minuten bei der Begrüßung.
Dann der Korridor, die Treppe, der Ausgang. Ein Krankenwagen biegt gerade um die Ecke, mit Sirenenklang. Vorfahrt für den nächsten Patienten.
Draußen atme ich einmal tief ein. Endlich wieder in der heilen lauten schrecklich schönen Welt. Ob ich alles richtig gemacht habe? Ob mein Besuch sinnvoll war? Niemand kann dir das sagen. Schnell winke ich ein Taxi.
Man ist so hilflos, wenn man die Hilflosen besucht.

Es gibt keinen Trost beim »Auflösen« einer Wohnung

WER SCHLIEẞT DIE Tür zuerst auf, meine Frau, ich? Einer von uns beiden muss die Tür aufschließen, obwohl wir wissen, wie schwer uns dieser Weg fällt. Habe ich mich eben im Flur nach der Post umgesehen, die auf dem kleinen Mahagonitisch lag, um mit der Verzögerung Zeit zu gewinnen, damit meine Frau inzwischen vorausgeht? Es gibt solche Augenblicke, in denen dich das Unterbewusstsein steuert. Immerhin waren wir gekommen, um einen Haushalt »aufzulösen«, der plötzlich seines Sinnes beraubt war – ein Todesfall.

Zuerst öffneten wir die Fenster, seit Wochen waren sie geschlossen, die Luft im Raum war wie von einer anderen Welt. Die Rosen sind verwelkt, die noch auf dem Schreibtisch standen, ein kleiner Gruß von Fleurop, eine Freundin hatte gehofft, die Blumen würden sie noch erreichen.
Ich blätterte in den Briefen und Postkarten, stapelte sie nach Behörden, nach Freunden. Eine Karte aus Mallorca rührte mich besonders: »Ich freue mich aufs Wiedersehen, ich bin sicher schneller bei Dir als die langweilige spanische Post.« Der Gruß eines Enkelkindes, es konnte die Post nicht mehr einholen, der Tod war schneller gewesen. Zwei Mahnun-

gen in den Briefen – »Wenn Sie nicht bis zum Monatsende zahlen, sehen wir uns leider genötigt, weitere Schritte einzuleiten ...« – vorgestanzt vom Computer, wer hat noch etwas anzumahnen?
Auf dem Fensterbrett, liebevoll aufgereiht, die Fotos: von der Familie, von einem Ferientag am Meer – das war im letzten Jahr, bevor die Krankheit kam, die ihr Leben langsam und unheimlich verwandelte, ein Widerschein unbeschwerter Tage.
In einer Schublade: die Heiratsurkunde, die polizeiliche Anmeldung, eine Scheckkarte, der Pass, all diese Papiere, die eine Existenz begründen, ohne die man offiziell nichts ist – die auch jetzt gebraucht werden und die doch nichts mehr bedeuten.

Da, ein Teddybär. Ihr Talisman. Ihr Talisman aus Kindertagen. Hindurchgerettet durch Bombennächte, Hungerjahre, Wunderjahre, immer stand er in ihrer Nähe, sicher hatte er einen Namen, den ich aber nicht kannte. So ein Teddy kann verdammt traurig wirken, wenn derjenige, der ihn anschaut, selber traurig ist.
Nun öffnen wir den Schrank: die Kleider, die Wäsche, die Mäntel, die Schuhe. Die Cashmerejacke vom vergangenen Weihnachtsfest hing da, kaum getragen. Dabei hatte sie sich so darüber gefreut – was soll jetzt Sinnvolles geschehen mit all den Sachen?

Wohin wir auch schauen, alles ist wohlgeordnet, der Abschied war nicht hastig, vielmehr sorgfältig von ihr vorbereitet. »Für den Fall, dass ich nicht wiederkommen kann«, hatte sie nur gesagt, als vor Wochen das Taxi vorfuhr, das sie in die Klinik brachte. Sie hatte es ganz ruhig und leise gesagt, mehr zu sich selbst, sie wollte andere nicht erschrecken, einsam ist man sowieso.

Aber auch wir, die wir nun in ihrer Wohnung sortieren, was verschenkt, was weitergegeben, was vernichtet werden soll – und was wir mitnehmen zur Erinnerung –, fühlten uns unendlich einsam.

Zweitausendmal werden bei uns täglich Wohnungen »aufgelöst« – wie diese. Das ist nur eine Zahl, das ist kein Trost. Das ist das Trostlose, dass es nämlich gar keinen Trost gibt.

»Der Tod scheint mich zu vergessen«, meint meine alte Tante

MEINE ALTE TANTE ist einundneunzig Jahre alt. Sie lebt in einer hübschen Stadtwohnung mit Blick auf einen Park. Drei Zimmer – im vierten Stock. 43 Stufen. Wenn ich sie dort besuchte – selten genug, wie ich heute weiß –, dann zählte ich diese Stufen immer aufs neue. Und je nachdem, wie sehr ich oben nach Luft japste, wusste ich um meinen körperlichen Zustand.

Dass meine alte Tante einundneunzig Jahre geworden ist, hat auch mit diesen verdammt vielen Stufen zu tun. »Wenn die Treppe nicht wäre, ginge es meiner Hüfte sicher besser«, sagte sie oft.

»Aber ohne diese Treppen wäre ich vielleicht überhaupt nicht so alt geworden, sie haben mein Herz ganz schön auf Trab gehalten«, fügte sie dann meistens hinzu.

Es gibt Momente, da weiß meine Tante gar nicht, ob sie das gut finden soll, dieses lange Leben, dieses Hinwarten auf – ja, worauf eigentlich? Aber darüber mag sie dann nicht sprechen. Sie lässt diesen Gedanken plötzlich ins Leere laufen. Das ist eine große Kunst.

»Ich will nicht klagen, wie geht es dir?«, lenkte sie von sich ab. Das tun alte Leute dann, wenn sie in einem langen schweren Leben jenen Grad von

Weisheit erreicht haben, der sie wissen lässt, dass die Menschen sich heute ohnehin nur noch kurzfristig auf ein anderes Schicksal einstellen können.

Meine alte Tante gehört zu der Generation, die es sich nie leicht gemacht hat. Bis vor zwei Jahren schleppte sie beispielsweise ihre Wäschepakete noch selbst in einen Waschsalon.

»Da hatte ich Kontakt mit jungen Leuten, wunderbar«, berichtete sie und strahlte. Sie kam sich »wie im Kino« vor beim Warten, so viele Geschichten erfuhr sie da, während die Trockenschleuder rappelte. Manchmal hat ein junger Mann sich sogar erboten, ihr die Wäsche nach Hause zu tragen: »Die Jugend ist viel freundlicher, als es in der Zeitung steht.«

Meine alte Tante findet unsere Zeit überhaupt nicht so schlimm, wie sie immer beschrieben wird. Vielleicht, weil sie keinen Fernseher hat. »Der schluckt ja doch nur die Zeit wie ein Müllschlucker den Müll.«

Als meine alte Tante vor einiger Zeit mal für einige Wochen in die Klinik musste, war sie ganz niedergeschlagen. »Der Tod scheint mich zu vergessen«, klagte sie, zumal der Rückenschmerz nicht aus ihrem schmalen Körper weichen wollte. Aber dann kamen die Lebensgeister wieder.

Jetzt muss sie noch einmal tapfer sein: In ein paar Tagen bezieht sie ein Appartement in einem Altersheim. »Man hat mir gesagt, es sei nicht auszudenken, wenn mir hier allein in der Wohnung etwas zustößt …«

»Fällt dir der Umzug sehr schwer?«, fragte ich sie – und wusste im selben Augenblick, dass dies die trostloseste Frage war, die mir je einfallen konnte.

»Glaub mir, es ist schon eine Unternehmung, seinen ganzen Haushalt nach so vielen Jahrzehnten aufzulösen, aber es ist meinem Alter entsprechend.«

Sie sagte es mit fester Stimme – und ein bisschen Stolz war auch dabei. Als wollte sie mir bedeuten: bloß keine Sentimentalität! »Würden sich alle Menschen ihrem Alter entsprechend verhalten, wäre unser Leben leichter und besser.«

Dieser Satz hörte sich an, als wäre er im Haus der Buddenbrooks gesprochen worden: ein bisschen streng. Aber hat meine alte Tante nicht recht? Wollen wir nicht alle immerzu und immer wieder jünger erscheinen, als wir sind, und wird dadurch nicht alles nur viel schwerer?

Sollte das Wort »entsprechend meinem Alter« irgendwann einmal irgendwo fallen, werde ich bestimmt sofort an meine zauberhafte alte Tante denken, die die geheimnisvolle und schwierige Kunst beherrscht, auch mit den späten Jahren klug umzugehen.

Ein Augenblick, da ich mich hätte melden müssen

LIEBE FREUNDIN, es gibt Gedanken, die sind plötzlich da, sie lassen sich nicht abschütteln, sie drängen nach vorn. Der Gedanke, Dir endlich schreiben zu müssen, ist ein solcher Gedanke.
Und ich gestehe: Ich schreibe Dir im Gefühl der Traurigkeit darüber, dass ich der Trauer nicht gerecht wurde, die ich empfand, als wir um Dich waren, als wir auf dem Friedhof bei klirrender Kälte Abschied nahmen und der Wind die Worte verwehte, die am offenen Grab über Deinen Mann gesprochen wurden.
Es gab dann dieses Defilee der Trauergäste, viele zogen wortlos an Dir vorbei, weil in der Kirche schon alles gesagt worden war, was menschliche Stimmen im Angesicht der Majestät des Todes noch zu sagen vermögen.

Dann kam, ein paar Tage später, eine schwarz umrandete Karte, in der Du Dich für die Anteilnahme bedankt hast, und noch heute weiß ich, dass Du auch die stummen Umarmungen in Deinen Dank mit einbezogen hast, weil es nicht jedem Menschen gegeben war, den Schmerz der Trauer in Worte zu kleiden.
Wir haben uns später noch einmal getroffen, bei einem dieser halboffiziellen Empfänge, zu denen

auch die Witwen eingeladen werden, der Name des Mannes steht noch auf der Liste, da traut sich so schnell keiner, ihn durchzustreichen; und sicher hast Du mit Dir gekämpft: Soll ich kommen, soll ich absagen? Meinen sie mich, wenn sie mich einladen, oder bin ich nur hier inmitten der vielen, weil mein Mann hier früher Gast war, ein wichtiger Gast, dessen Name anderntags immer in der Zeitung stand.
Es war bei diesem Empfang, dass ich Dich fragte, ob der Schmerz der hochgepeitschten Trauer sich in langen Wellen langsam niederlegt. Und ich hörte von Dir, dass die Trauer nicht kleiner würde, sondern größer, mächtiger, unheimlicher.
Unser kurzer Dialog wurde dann jäh unterbrochen, weil sich jemand dazwischendrängte. So versprach ich nur, mich bald zu melden. Und irgendwie fühlte ich mich erleichtert: Was hätte ich noch Tröstendes sagen können, umringt von Menschen mit Champagnergläsern in der Hand, umsummt von Stimmengewirr, Partygerede: ob St. Tropez in diesem Sommer angesagt ist oder doch besser die Hamptons vor New York, ob Chanel oder Valentino, ob die Aktien steigen oder sinken …

Auch dieser Empfang hätte in meiner Erinnerung gar keine Bedeutung mehr, wenn es nicht jenen fragenden, hilflosen, gleichsam nach innen gewandten Blick gegeben hätte, den ich bemerkte, als ich mich

von Dir trennte, ein Blick, der mir bedeutete: Ich hoffe, du meldest dich, wie du es jetzt versprochen hast.
Und nun beginnt die Strecke des Weges, die ich in dem Gefühl überblicke, versagt zu haben. Ich hätte mich melden müssen! Telefonieren. Schreiben. Blumen schicken. Ein Treffen in der Stadt vorschlagen. Einen Spaziergang im Park, der sich in der Nähe des Friedhofs ausbreitet, wie geschaffen zu Gesprächen fernab vom Lärm der Stadt. Gespräche, die den Menschen mit einbeziehen, dem unsere Trauer gehörte an jenem klirrend kalten Wintertag.
Warum geschah nichts dergleichen? Wenn ich in mich hineinhorche: Aus Angst? Aus Gleichgültigkeit? Aus Selbstschutz? Vielleicht aus einer Mischung all dessen.
Zwei-, dreimal hatte ich schon den Telefonhörer in der Hand, aber dann kam dieser Gedanke: Das erste Mal allein mit Dir ohne Deinen Mann, das muss arrangiert werden, das geht nicht so nebenbei. Vielleicht ein Abend mit mehreren gemeinsamen Freunden. Dann der Versuch, sie alle auf einen Termin zu vereinen, ein kühnes Unterfangen in dieser Zeit, da kaum noch einer da ist, wo er eigentlich hingehört.

Kurzum: Weil das Große nicht klappte, unterblieb das Kleine, das ganz Alltägliche, das gleichwohl so einfach gar nicht ist, wie es ausschaut. Indem ich

Dir schreibe, wird mir bewusst, wie falsch es war, nicht meiner Eingebung zu folgen, sich wenige Tage später »einfach nur so« zu melden, sondern etwas in Szene setzen zu wollen, was in Deiner Situation fürs Erste ohnehin nicht auf der Wunschliste ganz oben steht. Verzeih mir also bitte, wenn ich Dich morgen anrufe.

Schlafende Träume soll man nicht wecken

PLÖTZLICH KOMMT DANN auf eine sehr geheimnisvolle Weise dieses Gefühl: Man müsste doch einmal wieder die Stätten seiner Jugend besuchen. Dort vorbeischauen, wo man als Kind Träume vom Himmel holte. Nur einmal nachsehen, ob noch alles so ist, wie es in den Gedanken aufgezeichnet ist: so groß, so weitläufig, so bunt, so ungeheuer lebendig. Und dann macht man den Fehler und fährt eines Tages – vielleicht auf einer Ferienreise, vielleicht auf einer Dienstreise, vielleicht in den besinnlichen Tagen zwischen den Festen – wirklich hinein in seine eigene Vergangenheit.

Schon die Einbiegung in die Straße, die ich so oft gegangen war – ich bin sie gegangen bis zum Abitur –, schon diese Einbiegung lässt erkennen, dass die Erinnerungen alles verschoben haben.

Oder: Dass inzwischen Straßenbauer am Werk gewesen sind, denn die Kurve am Stadtpark ist schneller genommen, der Weg ist kürzer, das Ziel viel kleiner – das damalige Elternhaus, da steht es nun seltsam vertraut und fremd zugleich. Es ist viel schmächtiger, es passt so gar nicht zu meiner großartigen Vorstellung.

Die Tür zum Garten: verwittert. Die Hecke, in der wir uns versteckten, um die heimkehrende Mutter

zu überfallen, würde Dornröschen zur Ehre gereichen. Die Tannen, die fünf stolzen Paradestücke vor dem Haus: Jetzt erst hatten sie den Schornstein knapp überrundet – wie hoch waren sie mir schon damals, vor Jahrzehnten, erschienen!
Alles machte einen dahinwelkenden Eindruck. Ich schlich um das Haus, wurde aus dem Küchenfenster argwöhnisch beobachtet – wer hat schon gern, wenn sein Besitz so genau inspiziert wird –, und ich konnte doch nicht erklären, wie harmlos dieser Ausflug in die Vergangenheit zu bewerten ist.
Ich wusste nur, dass ich in ebenjener Küche absichtlich einen Topf Spinat vom Herd gestoßen hatte, als niemand in der Küche war – ich konnte Spinat nicht ausstehen.
Auf der Rückseite des Hauses: die Fliederlaube, in der ich meine Schularbeiten machte, sobald der Sommer kam, aber auch hier war alles Verwunschene verschwunden.
Und auch der Himmel über dem Haus kam mir kleiner, unbedeutender vor, als ich ihn in Erinnerung hatte.

Spätestens in diesem Augenblick spürte ich, dass ich einer doppelten Täuschung zum Opfer gefallen war: Die Dinge des Lebens sind eben nicht nur die viel beschworenen Realitäten, sie sind eben auch die Bilder, die wir uns von ihnen machen.

Mein Elternhaus war bis vor wenigen Stunden für mich gewesen: groß, nobel, weitläufig, von Sonne überstrahlt, von Flieder umzäunt, inmitten eines Tannenwaldes, eine herrliche Geschichte mit einem roten Luftballon am Schornstein.
Und sogar das Fahrrad, das mir auf dem Schulhof gestohlen worden war und noch lange durch meine verängstigten Träume fuhr, kam auf eine geheimnisvolle Weise immer wieder, wie es eben nur in Träumen und in Märchen geschieht ...

Und nun? Nach diesem Besuch war mein Elternhaus: nicht so groß, bei weitem nicht so nobel, an einer Straße gelegen, die schon eine so merkwürdig armselige Einbiegung hat – wirklich: Ich hätte diesen Besuch in der Erinnerung nicht machen dürfen. Wann werde ich nur begreifen, dass die Wahrheiten von gestern nichts mit den Wahrheiten von heute zu tun haben? Schlafende Träume sollte man wohl doch nicht wecken.

Vergebliche Beschwörung eines »anderen Lebens«

NUN SASS ER vor mir, wir hatten uns lange Zeit nicht gesehen, irgendwie trieb ihn jenes Gefühl zu mir, das wir alle immer wieder in uns selbst verspüren: in die alten bekannten Gesichter hineinzuschauen, um festzustellen, wie »das andere Leben« verlaufen ist.

Wir hatten vor vielen Jahren zusammen gearbeitet, tagtäglich, uns dann – durch einen Ortswechsel – aus den Augen verloren. Und nun also hatte er sich gemeldet, um einmal guten Tag zu sagen, mehr nicht, beileibe nicht mehr!

Während er sich setzte, rechnete ich ein paar Daten zusammen und kam darauf, dass er etwa um die sechzig sein musste, so genau konnte ich es nicht ermitteln.

Ich wusste auch nicht mehr, ob wir schon beim vertraulichen Du gewesen waren, also wartete ich ab. Es stellte sich heraus: Wir hatten damals wirklich jenes Du gefunden, das sich im Büro so schnell in die Gespräche einschleicht.

Und dann erzählte er mir, wie es ihm in den letzten Jahren ergangen sei. Arbeitsplatzwechsel. Die Enttäuschung bei der Suche nach einem neuen Job, als all die Freunde plötzlich gar keine Freunde waren. Keine Hilfe.

Nur auf seine Frau habe er sich verlassen können. Die Kinder? Auf und davon. Manchmal kommt eine Postkarte, aus Mallorca oder so. »Man fragt sich, warum man sie eigentlich mit so viel Mühe großgezogen hat.« Bitterkeit für einen Wimpernschlag. »All die vielen Abende, die man zu Hause geblieben ist, um die Kinder nicht allein zu lassen.« Er sagte dies mit einer Geste, die Verkäufer auf dem Jahrmarkt zeigen, wenn sie den Preis besonders drastisch nachlassen.

Kein Blick in ein Bilderbuch des Lebens, gewiss nicht. Vielmehr ein Rechenbuch mit schwierigen Aufgaben. Und nun saß er hier vor mir und suchte im Gespräch die Jahre zu beschwören, in denen wir beide auf dem Weg nach oben waren. »Das waren noch Zeiten.« Er lachte, als er von einer gelungenen Intrige erzählte, die ich längst vergessen und damals nicht durchschaut hatte.
Nebenbei erfuhr ich, dass er immer noch die alljährlichen Wiedersehensfeiern seiner Abiturklasse organisierte – Höhepunkte seines Lebens, das längst nur noch in der Kunst besteht, die Bilder der Vergangenheit in die Gegenwart zu holen, um den Glanz, den er heute rundum nicht zu finden vermag, wenigstens durch den Abglanz der Erinnerung zu ersetzen. Aber auch diese Stunden halten den Fluss der Zeit nicht auf, »die Jahre eilen dahin, es ist beängstigend«.

Wir sind, da unser Gespräch in meinem Büro stattfand, schon zweimal durch das Telefon gestört worden, beim dritten Mal hatte er plötzlich das Gefühl, dass nun alles gesagt sei. Wenn ich es recht bedenke, wenn es auch grausam klingt: Dieses Gefühl stimmte! Seltsam, wie sich ein lang gelebtes Leben manchmal auf dem Gesprächsteppich einer halben Stunde unterbringen lässt. Wie schnell alles Wichtige schon gesagt ist.
Im Pendelschlag – »Weißt du noch, damals …?« und »Wir müssen uns einmal wiedersehen« – zerrinnt die Gegenwart, nichts bleibt als die Momentaufnahme eines Menschen, der irgendwann ganz leise in das eigene Leben eintrat und ebenso leise wieder hinaustrat.
Der Besucher ging. Den langen Korridor entlang. Ich schaute ihm nach. Er kam mir kleiner vor, als ich ihn in Erinnerung hatte. Nicht so lustig wie damals. Dafür ehrlicher. Nicht so gewandt und gelackt.

Es ist immer die gleiche Geschichte mit den Geschichten von gestern: Man möchte sie im Gespräch noch einmal herbeiholen, aber sie kommen nur als abstrakte Bilder.
Die Wärme fehlt, die Dramatik, die Fröhlichkeit, vor allem: die Ungewissheit jener Stunden und Tage, die man teilte, während man der Zukunft entgegeneilte. Vergilbt, verweht, dahin. Schade, dass die Beschwörung fast nie gelingt!

Das vergessene Taschentuch

IRGENDJEMAND, DESSEN NAMEN ich nicht verstanden hatte und dessen Stimme gleichwohl vertraut klang, sagte am Telefon, ich würde jetzt mit dem Altersheim verbunden werden. Dann gab es eine kurze Pause, und ich hatte plötzlich Angst. Die Bilder des Menschen, um den es hier nur gehen konnte – eine alte Dame der Verwandtschaft –, schossen an mir vorüber. Ich sah ihr Lächeln, ihre scheue Freundlichkeit, ihre Sanftmut, auch die Fröhlichkeit in früheren Jahren und das Lachen.
Und dann kam die Nachricht: Krankenhaus! Intensive Behandlung, die Ärzte wissen noch nicht mehr zu sagen. Die Adresse? Abteilung A, Zimmer … Und ohne nachzudenken, gleichsam automatisch, wusste ich, dass sich hier ein Leben neigt.
Und während ich nun etwas sage, Betroffenheit durch Geschäftigkeit zu verdrängen suche, drehen sich meine Gedanken um die Frage, wie es ihr gehen mag, der alten Dame, ob ich sie noch sehen werde, wenn ich sofort losfahre, und – dies vor allem – ob ich eigentlich »alles« getan habe.

Wann war ich zuletzt bei ihr gewesen? War es vor vier Wochen? Da war ich an der Stadt vorbeigekommen und hatte plötzlich den Wagen doch zur Stadt-

einfahrt gelenkt, ich sollte mal »überraschend« reinschauen, ich habe es getan, gut ist es gewesen, das wusste ich schon damals, als ich den langen Korridor des Altenheims entlanggging und das Zimmer suchte.
Und dann wurde die alte Dame herausgebeten, man saß zusammen auf einer Bank, wo die Mitbewohner vorbeigingen und grüßten. Worüber wir sprachen? Über Belangloses. Das Wetter, die Verpflegung im Heim. Ob es im Kino ein paar Straßen weiter vielleicht einen Film geben würde, den sie sich anschauen könnte, es gibt heute so wenig Filme für alte Damen. Ob sie einen Wunsch habe? Ja, dass ich mal wieder so plötzlich vorbeischauen möge, das wäre so ein Wunsch. Mal mit anderen Menschen sprechen, nicht nur mit denen im Heim.

Ich hatte damals die alte Dame mit nach Hause genommen, sie hatte bei uns den Abend verbracht, als sie ging, sagte sie, das Schönste sei gewesen, einmal anderes Brot, anderen Käse, andere Wurst zu sehen als bei sich »zu Hause«. Dies Wort Zuhause war trostreich für mich, denn es schien mir zu sagen: Sie fühlte sich im Heim wohl.
Als ich sie wieder ablieferte, musste die Tür des Heimes vom Nachtdienst geöffnet werden. »So spät war ich schon lange nicht mehr aus, vielen Dank«, sagte sie und verschwand. Und sie lächelte wieder, wie eben nur alte Damen lächeln können, die uns

mit unserem Umhergetriebensein so recht nicht mehr verstehen können.
Sie hatte, ich bemerkte es erst später, ihr Taschentuch in meinem Wagen vergessen – ich werde es ihr das nächste Mal bringen, dachte ich mir, ich werde versuchen, dass die Pause bis dahin nicht wieder so lange sein wird.

Und während ich heimfuhr, hatte ich ein unglaublich gutes Gefühl, etwas getan zu haben, was man so selten tut: Ich hatte jemandem meine Zeit gegeben. Und: Die alte Dame hatte mich gelehrt, wie wichtig das ist. Kurz darauf kam ein neuer Anruf mit der Nachricht, die ich befürchtet hatte … Wer noch irgendwo hinfahren kann, zu einer alten Dame, der sollte es tun!

Im Leben braucht man sehr lange, um jung zu werden

MEIN LIEBER FREUND, als Sie gestern so nebenbei sagten, Sie möchten heute alles sein, nur nicht mehr jung – und dies ist ein Satz, den ich von vielen älteren Menschen in letzter Zeit öfter hören musste –, da wollte ich Ihnen gleich antworten, aber die Gelegenheit war dann doch nicht günstig, schließlich sollte es ja ein heiterer Abend werden.

Darum schreibe ich Ihnen, denn was Sie da sagten, klingt traurig. Sie haben zwar die sechzig überschritten, die siebzig aber noch nicht erreicht. Sie bewegen sich im Niemandsland des Alters, unebenes Gelände ringsum, zugegeben, auch Sturzgefahr. Man muss die Schritte vorsichtiger setzen, doch der Horizont ist noch weit – und der klare Geist unterscheidet sehr wohl den Sonnenaufgang vom Sonnenuntergang.

Warum also, ja warum also wollen Sie nicht mehr jung sein, gerade heute? Ich vermute in Erinnerung unserer früheren Gespräche: Die Welt ist Ihnen zu laut, zu schrill, das Tempo ist zu groß, die Veränderungen sind zu gewaltig. Vielleicht reichen die Kräfte nicht mehr hin, vielleicht glauben Sie, den Wellenschlag einer noch unerklärlichen Müdigkeit zu spüren.

Das alles ist, wie es so schön heißt, durchaus menschlich. Nicht jedem ist es vergönnt, das Jungsein im Herzen über die Altersgrenze hinauszuschmuggeln, so wie es Winston Churchill gelang, den ein junger Fotograf nach einigen Aufnahmen für eine Illustrierte bat: »Ich hoffe, ich werde das Vergnügen haben, Sie an Ihrem hundertsten Geburtstag wieder fotografieren zu dürfen.« Churchill, an jenem Tag zweiundachtzig Jahre alt, antwortete knapp: »Ja gerne, junger Mann, vorausgesetzt, dass Sie bis dahin gut auf Ihre Gesundheit aufpassen.«

Wir sehen, alles im Leben ist relativ, und bei Altsein und Jungsein ist alles noch relativer, so dass es fast schon egal ist, wie relativ es ist. Für den einen ist das Alter eine große Sinfonie, in der alle Themen des Lebens noch einmal zusammenklingen; für den anderen ist es nichts als ein Spital, das alle Krankheiten aufnimmt, der weisen Worte gibt es viele.

Und wenn wir die Jugend betrachten, so gibt es auch da den weiten Flügelschlag: Jugend sei etwas Wunderbares, es sei nur schade, dass man sie an die Jugend vergeudet. Für den nächsten ist Jugend »Trunkenheit ohne Wein«, wieder ein anderer sagt, es sei richtig, dass der Jugend die Zukunft gehört – aber bitte erst in der Zukunft.

Folgen wir gar dem Gedanken eines Pablo Picasso, dann ist das Verwirrspiel der widerstreitenden Meinungen über Jung und Alt perfekt. Das Genie hat für sich jedenfalls Erstaunliches herausgefunden: Dass man nämlich im Leben sehr lange braucht, um jung zu werden …

Für Sie, lieber Freund, bedeutet dies alles: Steigen Sie noch heute aus der Achterbahn aus, die umso schneller rauf- und runtersaust, je mehr Sie über dieses Zwillingspaar Jung–Alt nachdenken. Sie spüren doch selbst tief in Ihrem Inneren am besten, wie dicht alles beieinanderliegt.

Und wie war das vor ein paar Tagen in Venedig, lieber Freund? Sie haben mir doch selbst erzählt, wie glücklich Sie waren, nach achtstündiger Autofahrt – nonstop, wie Sie sagten – vor dem Dogenpalast zu stehen. Sie fühlten sich nach wochenlangem zermürbendem Hickhack in Ihrem Büro ausgelaugt. Und dann gab es plötzlich dieses berauschende Gefühl wiederentdeckten Lebens unter italienischer Sonne. Und das dumpfe Gefühl, nie mehr jung sein zu wollen, wich einem anderen: der Sehnsucht, die Schönheiten der Welt immer wieder umarmen zu können.

Hand aufs Herz: Waren Sie in Ihrer Jugend wirklich so oft so glücklich wie an diesem venezianischen Sommertag?

Ich bin nur ein Rentner – eine Nummer im Nullsummenspiel des Lebens

Darf ich Sie einmal kurz stören? Ich bin Rentner, nichts als ein Rentner, aber einer aus einem gewaltigen Millionenheer. Solche wie mich gibt's zuhauf. Wohin du heute in Deutschland auch kommst, ein Rentner ist immer schon da.

Dabei weiß ich trotz des Renten-Rummels in den Medien, dass ich in Wahrheit nur eine Nummer bin im Nullsummenspiel des Lebens. Ich habe das meiste schon hinter mir. Sicher, ich atme noch. Ich lebe noch. Und so ein paar Jährchen würde ich gerne noch machen. Man wird ja bescheiden.

Obwohl selbst ein Rentner, kann ich das Wort Rentner partout nicht mehr hören. Ich hasse dieses Wort sogar.

Wenn die »Tagesschau« die Renten-»Problematik« zum hundertsten Mal als Spitzenmeldung serviert, möchte ich schreien: Hört auf, hört auf. Lasst uns Ruheständler doch endlich in Ruhe.

Und zeigt nicht immer Bilder, bei denen man das Erbarmen kriegt – gebrechliche Alte, die sich auf Krücken durchs Leben plagen. So schlimm ist es ja gar nicht. Man möchte nur nicht immer wieder daran erinnert werden, dass man zum alten Eisen gehört.

Dass das böse Wort »Rentnerschwemme« endlich zum Unwort des Jahres gekürt wurde, das war dringend notwendig, auch wenn »Unwort« selbst ein Unwort ist.
Aber bei dieser Verurteilung blitzte immerhin ein Rest von Anstand auf vor uns Rentnern, die wir doch nichts anderes getan haben, als Deutschland aus Trümmern aufzubauen – und denen nur ein gnädiges Schicksal vergönnte, nebenher trotz aller Strapazen und Opfer auch noch ein bisschen älter zu werden.
»Rentnerschwemme« – ein verräterisches Wort! Es klingt nach Überschwemmung und Zerstörung und sollte sicher nichts anderes ausdrücken als: Die Rentner fressen erst unsere Zukunft auf. Der »Rentnerberg«, ein anderes böses Wort, erdrückt uns alle.

Wissen Sie, wer mir leidtut? Es sind die jungen Menschen, die immer mehr an Beiträgen bezahlen sollen und die später immer weniger zurückbekommen. Es ist die »gestiegene Lebenserwartung«, welche die Rentenformel durcheinanderbringt.
Hoffentlich fragt man nicht eines Tages, warum die Ärzte das Leben der Menschen über sechzig hinaus überhaupt verlängern – und macht die Medizin für die Renten-Misere verantwortlich.
Ich sagte eingangs schon, dass ich nur ein kleiner namenloser Rentner bin, der hier einmal sein Herz ausschütten durfte. Der sich fragt, wo die Politiker

geblieben sind, die den Schlamassel zu verantworten haben. Sie sind auf und davon, verzehren eine satte Pension, keine schmale Rente. Renten sind bekanntlich nur für Rentner da.
Meine größte Angst?
Dass es eines Tages bei uns heißen könnte: »Was, Sie sind alt? Haben Sie noch immer nicht begriffen: Wer alt ist, hat selbst schuld!«

»Du wolltest doch bei mir vorbeischauen«

BEGONNEN HATTE ALLES an einem runden Geburtstag. Ein paar Jahre sind inzwischen ins Land gegangen, aber er erinnert sich noch genau an jenen Augenblick, da er ans Telefon gerufen wurde. Seine Mutter war am Apparat, sie wollte ihrem Sohn Glück wünschen. Und dann kam plötzlich der Satz, den er bis heute nicht wieder losgeworden ist – und der ihn niederzog in der Sekunde, da sie ihn ausgesprochen hatte.

Denn nach den allgemeinen Wünschen, die mit Erfolg und Gesundheit zu tun hatten, wechselte seine Mutter die Tonlage, und was sie nun sagte, war vorwurfsvoll und bitter: »Du wolltest doch bei mir vorbeischauen.«

Und dann, nach einer kurzen Pause, kamen die Worte, die er wie eine Drohung empfunden hatte: »Man weiß in meinem Alter doch nie, wie lange das noch möglich sein wird.«

Nun war er es, der nichts sagte, der eine Pause brauchte, weil er nicht wusste, wie er reagieren sollte. »Man weiß in meinem Alter doch nie …« Ihm klingen diese kühlen Worte noch heute im Ohr.

Was sollte er tun? Sich wehren gegen diese Anklagen, ob sie nun gerechtfertigt waren oder nicht, je nach Blickwinkel? Oder sollte er die Vorwürfe ein-

fach ignorieren? Oder wäre es besser, der Mutter solch düstere Gedanken auszureden, soweit das bei der alten Dame möglich ist?
Er sagte nichts. Er wollte den Abend für sich retten, schließlich feiert man nicht jeden Tag seinen Fünfzigsten.
Seine Frau spürte, dass etwas vorgefallen war: »Was ist denn nur passiert?« Er musste erst nachdenken, wie er dieses Telefonat in sein Leben einzuordnen hat. Denn das war neu, dass es »Trouble mit Muttern« gab, wie er nur beschwichtigend zu seiner Frau sagte. »Das wird vorübergehen, Liebling.«
Aber da sollte er sich gründlich irren.

Von nun an gab es immer häufiger diese Telefonate mit den offenen oder auch versteckten Vorwürfen, diesen Anspielungen, wann er sich denn mal wieder blicken ließe, wann der Herr Sohn geruhe, einmal einen Brief zu schreiben, warum er nicht wie andere Söhne mit seiner Mutter mal verreisen würde …
Und als er eines Tages seinen Freunden von dem Druck erzählte, dem er ausgesetzt sei, diesem moralischen Druck, ohne sich irgendeiner Schuld bewusst zu sein, stellte er zu seinem Erstaunen fest: Er war nur einer unter vielen.
Sein bester Freund, ein Arzt, wusste unglaubliche Geschichten zu erzählen von Patienten, die unter solch gestörten Mutter-Kind-Beziehungen leiden, »bis hin zur Selbstmorddrohung«. Das alles sei ein

dunkles Kapitel, das spiele sich im Verborgenen ab – die Familienfassade muss schließlich glänzen.
Sein Rat? Er empfahl, dem Druck zu widerstehen. Wir sind, wie die Philosophen sagen, alle Mitglieder der großen »Sterbensgemeinschaft«, da sei es unfair, jemanden mit einem Hinweis auf dieses unausweichliche Schicksal zu bedrängen und einzuschüchtern.
Und mit Liebe, mit Mutterliebe gar, habe das alles sowieso nichts zu tun. »Liebe ist alles, mit Sicherheit aber kein Tauschgeschäft.«

So trostreich diese Worte auch gemeint waren, der Sohn litt weiter. Und wenn ihn seine Frau ruft: »Komm bitte, deine Mutter ist am Apparat«, dann schnürt sich sein Herz zusammen. Und dann fragt er sich schon: Ob Mutter eigentlich weiß, was sie da in Gang gesetzt hat?

In der Trauer zeigen sich die wahren Freunde

EIN HALBES JAHR haben wir uns nicht gesehen, seit wir am Grab ihres Mannes standen und ein kühler Frühlingswind die Psalmen des Pastors forttrug in eine unbestimmte Ferne.

Nun sitzen wir zusammen in der Halle eines Hotels, in dem sie, aus der Nachbarstadt kommend, abgestiegen ist, um auf dem Friedhof nach dem Rechten zu sehen.

Was mich erstaunt, ist ihre Blässe nach diesem großen Sommer, ihre Haut ist so durchsichtig wie in jenen Tagen, in denen sie bei ihrem Mann Tag und Nacht in der Klinik war, völlig erschöpft, dass ihre Kinder damals befürchteten, sie würde an dem Mitleiden zerbrechen.

Auch ihre Augen strahlen nicht so, wie ich es in Erinnerung hatte.

Ob es denn gar keinen Trost gegeben habe, frage ich sie nun doch. Oder ob es vermessen sei, nach einem solchen Verlust Trost zu erwarten, von wem auch immer.

»Wer sollte mich trösten?«, fragt sie zurück. Der Pfarrer? Die Kinder? Die Freunde? Die Nachbarn, die damals alle zusammen einen Kranz schickten? Ja, wer von all den Menschen, die sich um sie sorgten in den dunklen Tagen, als wollten sie eine

Mauer gegen den Schmerz der Trauer bilden, hätte sie trösten können?
»Jeder hat zu tun«, sage ich. Weiß Gott, etwas Besseres fällt mir nicht ein. Wie findet man die richtigen Worte, wenn man mit einem solchen Schicksal konfrontiert wird?
»Ja, jeder hat zu tun«, wiederholt sie leise, ein mattes Echo meiner hilflosen Worte. Es seien damals viele Briefe gekommen, tröstende Worte vor dem schweren Gang zum Friedhof, aber nichts hätte sie damals wirklich bewusst wahrgenommen. »Alles blieb schemenhaft. Du bist von einer Sekunde zur anderen so einsam wie nie zuvor. Aber so seltsam es klingt: Es ist dies eine Einsamkeit, die du brauchst. Alle Menschen, so nah sie dir auch sonst sein mögen, sind plötzlich ganz weit von dir entfernt.«

Doch irgendwann beginnt dann der lange Weg zurück in die Realität des Alltags, auch in seine Banalität. Wenn es um die Korrespondenz mit dem Finanzamt, mit Anwälten, mit Erben geht, hat dich die Welt in ihrer Kühle ganz schnell wieder.
»Die letzten Monate habe ich gar nicht gelebt, die Zeit ist ungelebt vergangen«, sagt sie nun. Aber das sei nicht wichtig. Wichtig sei etwas anderes: die Erkenntnis, wer von den vielen Freunden sich meldet – und wer sich nicht meldet. »Da erlebst du die

größten Überraschungen und leider auch Enttäuschungen. Gerade bei den vermeintlich guten Freunden. Das ist dann oft wie ein zweiter Todesfall.«

Ich musste bei diesen bitter klingenden Worten an eine Wahrheit denken, die Martin Luther in seiner direkten bildhaften Sprache wunderbar formuliert hat: »Es soll keiner einen für seinen vertrauten Freund halten, er habe denn zuvor einen Scheffel Salz mit ihm gegessen.«

Der schmale Grat zwischen Wahrheit und Lüge

ER HATTE MICH gewarnt. Am Telefon schon hatte er mich gewarnt. »Bekomme keinen Schreck, wenn du mich siehst«, hatte er gesagt. Und als er mir die Tür öffnete, hörte ich noch einmal: »Erschrick nicht, ich habe einen Ruck nach unten gemacht.«

Ja, er sah erbärmlich aus. »Das Alter ist eben nicht aufzuhalten«, flüsterte er mir zu. »Aber es kommt nicht langsam, wie ich bisher dachte. Es kommt mit Macht. Und das Schlimmste: Du bist plötzlich fünf Jahre älter.«

Ich wusste, es war eine Sommergrippe von der bösen Sorte gewesen, die hier ihre Spuren hinterlassen hatte. Mein Freund schickte mir einen Blick, als wollte er mich fragen: Na, wie sehe ich aus? Wie sehe ich wirklich aus? Wie ausgespuckt? Oder doch schon wieder ganz passabel?

Er sagte nichts, wartete nur auf meine Antwort. Ich bin sein Freund seit dreißig Jahren, da hat er eine Antwort verdient. Aber was für eine Antwort sollte es sein?

Muss man wirklich jetzt ehrlich sein, in dieser Situation? Da hörte ich schon meine eigene Stimme wie die Stimme eines Fremden: »Ich hatte es mir schlimmer vorgestellt, nach all dem, was du mir am Telefon erzählt hast.«

Es war eine Lüge, eine verdammte Lüge. Mein Freund quittierte sie mit einem Lächeln, wie ich es zuvor nie gesehen habe. Ein trauriges, ein mitleidiges Lächeln, so als wollte er sagen: Ich weiß Bescheid, mein Junge, erzähl mir nichts, ich weiß doch genau, wie es um mich steht. Ich spür die Wahrheit doch in meinen Knochen. Es ist ja freundlich, dass du mich schonen willst, aber was soll's …

»Wir werden alle älter«, sagte ich nun, eine Floskel, Kleingeld der Konversation, das schön klimpert, jedoch nichts wert ist.

»Ja, wir werden älter, das stimmt. Aber ruckweise! Nicht peu à peu.« Mein Freund blieb hartnäckig. Er wollte ganz einfach hören, dass er diesen Ruck gemacht hat, und ich sollte es ihm bestätigen, weil ich sein Freund bin. Und weil es doch irgendwo noch ehrlich zugehen muss inmitten aller Scheinheiligkeit dieser Welt.

Er hatte genug von denen, die immer nur sagen, wie blendend er sich schon erholt habe, da er doch selbst jeden Morgen zutiefst erschrocken war, wenn er sich im Badezimmerspiegel sah. Nein, er wollte die Wahrheit hören, nichts als die Wahrheit.

Genau diese Wahrheit blieb ich ihm schuldig. Ich fühlte mich durchaus moralisch legitimiert, ihn zu schonen, ihm zu sagen, dass er »ganz der Alte« ist, damit er wieder der Alte wird.

Dass ich auch mich selbst schonen wollte, indem ich seinen Fragen auswich, ihn mit der Floskel »Wir werden schließlich alle älter« abspeiste, wurde mir erst klar, als die Nachricht seines plötzlichen Todes eintraf.

Und so mischte sich in meine Trauer auch Zorn darüber, dass wir im Leben manchmal zwischen Wahrheit, Lüge und Notlüge gar nicht wählen können und darum oft auch so kläglich scheitern.

Suche nach dem Regenbogen

MEIN LIEBER FREUND, ich schulde Ihnen nun doch eine Erklärung, weil ich die Tischrede nicht gehalten habe, um die mich Ihre liebe Frau gebeten hatte. Es sollten einige Worte über die Kunst, mit dem Älterwerden klug umzugehen, »nach dem Hauptgang und vor dem Dessert« gesprochen werden – wahrlich nicht zu viel verlangt beim siebzigsten Geburtstag eines Mannes, der eine neue Hürde in ein neues Jahrzehnt nehmen muss.
Und Sie dürfen mir glauben: Ich hatte mich gut vorbereitet, wollte mich nicht mit ein paar Allgemeinplätzen aus dem Thema stehlen, um das ich bisher immer einen weiten Bogen gemacht habe – wer will schon etwas vom Alter und der Brüchigkeit des Lebens wissen, wenn er glaubt, »eigentlich« noch ganz passabel zu sein und immer noch mal auf die Überholspur wechseln zu können?

Gleichwohl las ich über viele Stunden – und seltsamerweise zunehmend voller Faszination – die einschlägigen Texte, sammelte für meine kleine Ansprache Zitate von Seneca bis Friedrich Nietzsche, blätterte in dem grausam-schönen Standardwerk von Simone de Beauvoir, in dem ich das trostlose Bekenntnis des Märchendichters Andersen

fand, der sich eines Tages plötzlich fragte, warum er noch in den Garten zu den Rosen gehen soll – »Was haben sie mir noch zu sagen, was sie mir nicht schon gesagt hätten?«
Spätestens bei diesen Zeilen der puren Verzweiflung wollte ich das Studium der Philosophen zu diesem wohl sehr schwierigen Kapitel des Lebens beenden, als ich noch den unglaublichen Zettel fand, mit dem Hermann Hesse die vielen an seinem Haus in Montagnola vorbeiziehenden Wanderer bat, ihn mit ihrem Besuch zu verschonen:
»Wenn einer alt geworden ist und das Seine getan hat, bedarf er der Menschen nicht. Er kennt sie, er hat ihrer genug gesehen. Wessen er bedarf, ist Stille. An der Pforte seiner Behausung ziemt es sich, vorbeizugehen, als wäre sie Niemandes Wohnung.«
Lieber Freund, Sie werden es mir nachfühlen, dass mich ein Frösteln überfiel, als ich diese Texte las, die mich in das geheimnisvolle Land des Alters entführten, das vermutlich aber nur jene verstehen, die in ihm leibhaftig selbst angekommen sind – keine freudige Erkenntnis für eine Tischrede zum siebzigsten Geburtstag.

Mir war zumute, als hätte man eine schwarze Wand vor mir hochgezogen.
Angesichts dieser insgesamt doch eher niederschmetternden Lektüre versuchte ich sodann, wenigstens einige positive Gedanken zu finden, um

doch noch eine optimistische Tischrede auszuarbeiten. Ich wollte den Regenbogen zu fassen kriegen, aber außer dem Rat »Fange nie an aufzuhören und höre nie auf anzufangen« kam ich nicht viel weiter. Am besten gefiel mir noch der römische Kaiser Marc Aurel, der predigte: Du lebst nur den gegenwärtigen Moment! Die übrige Zeit ist in der Truhe der Vergangenheit begraben – oder sie liegt in der ungewissen Zukunft. »Es ist also nur eine winzige Spanne Zeit, die ein jeder lebt, winzig auch der Fleck der Erde, wo er lebt! So wirf denn alles ab und behalte nur diese wenigen Sätze!«

Mit dieser zweitausend Jahre alten Botschaft wollte ich meine Anmerkungen zum Älterwerden eröffnen. Aber als ich dann an der festlichen Tafel saß, als die weinselige Stimmung zunahm, als der ganze Saal von Heiterkeit erfüllt war, als die Kellner schon mit dem Dessert bereitstanden, da verließ mich plötzlich der Mut.
Und ich kam zu dem Schluss: Gehe nicht mit dem schweren Gepäck der Philosophie in eine Gesellschaft, die fröhlich sein will und »gut drauf«, wie es heute verlangt wird von allen, die »in« sein möchten – siebzigster Geburtstag hin oder her.

Auf der Suche nach dem Geheimnis des Lebens

Geheimnisvoll, diese Erinnerungen. Sie tauchen auf, ohne gerufen zu sein. Sie haben keinen Namen, und doch sind sie da, sobald das Codewort fällt.

Die Frau an meiner Seite wurde plötzlich ganz still. Ich hatte, ohne es zu wollen, so ein Codewort genannt, und die Erinnerung überkam sie. Sie sagte dann einen Satz, dem sie lange nachlauschte: »Ich habe nach seinem Tod wochenlang nicht gewusst, ob ich selbst noch am Leben bin.«

Um uns herum wogte die Party. Wir hörten Gläser klirren, Porzellan am Buffet schepperte, im Nebenzimmer gab es aufreizendes Lachen, Stühlerücken, Glenn-Miller-Musik. Wir hörten alles, und wir hörten es plötzlich doch nicht mehr.

Keine Szene für ein Gespräch wie unseres, das sich inmitten dieser heiteren Stimmung, völlig unvermittelt, um den Tod ihres Mannes drehte.

Wann war es geschehen? Vor Jahren? Vor Jahrzehnten?

Ich weiß es nicht. Der Mann war mein guter Freund, und Freunde bleiben gegenwärtig, da zählt man nicht die Jahre.

Und doch war ich glücklich, dass wir das Blablabla der Partygespräche durchbrochen hatten. Es ging mir schon lange auf die Nerven. Wie war Weihnachten? Wo waren Sie Silvester? In St. Moritz – oder doch nur in Kitzbühel? Was macht Ihr Depot? Haben Sie auch Daimler-Aktien? Phrasen, Wortgeklingel.
Das Kleingeld der Konversation. Dazwischen viel Falschgeld: Gut sehen Sie aus. So jung waren Sie noch nie. Verraten Sie mir das Geheimnis?
Und auf einmal, ganz ungewollt, die Berührung der Seele. Ich hatte an eine Konferenz mit ihrem Mann erinnert, mit dem ich lange zusammengearbeitet habe, und davon erzählt, durchaus beiläufig, aber die Erwähnung seines Namens genügte.
Sie berichtete nun, ganz leise, aber sehr intensiv, dass sie nach dem Herztod ihres Mannes wie gelähmt war, nicht nur für Tage, sondern für Wochen, und dass der Verlust … Dann hielt sie abrupt inne, als wolle sie schnell eine Mauer um diese Erinnerung hochziehen, eine Mauer des Schweigens.
Vielleicht hat sie gedacht: Was hat das alles, das so weit zurückliegt, hier zu suchen? Wir sind doch auf einer Party. Bloß niemanden langweilen. Und vor allem: niemanden mit dem eigenen Schicksal und den Erzählungen von seiner Allmacht belästigen. Deshalb winkte sie einer Freundin zu, die heftig flirtete, und fragte mich, wie ich ihren Party-Begleiter fände.

Nun war der Small Talk wieder da, die Unterhaltung wieder im seichten Wasser des Dahinplätscherns. Ich war für einen Moment ratlos. Wie verhält man sich jetzt richtig? Soll man einen Gedankenaustausch, der gerade zu den wirklich wichtigen Fragen vordringt, bei dem es also plötzlich um Lebensangst, Krankheit und Tod geht, abwürgen? Soll ich zulassen, dass die Frau sich aus einem solchen Sichoffenbaren flüchtet, nur weil sie denkt, sie dürfe mich nicht belästigen?
Oder ist es an mir, dieses Aufkeimen der Erinnerung, welche die Seele bedrückt, zuzulassen und die Freundin oder den Freund zu ermuntern, weiterzusprechen?

Ich habe der Frau am nächsten Tag geschrieben, ich würde sie gerne noch einmal sehen und in Ruhe mit ihr über alles sprechen. Weil ihr Mann mein Freund war und weil ich mehr wissen möchte über den Schmerz, den sie immer noch in ihrer Erinnerung hatte.
Ich weiß nicht, ob dies eine zulässige Neugier ist, aber ich denke, wir sind alle auf der Suche, im Gespräch dem Geheimnis des Lebens, zu dem der Schmerz und der Verlust gehört, ein Stück näher zu kommen.
Und was soll ich sagen? Am nächsten Sonntag sind wir verabredet. Ohne Party – einfach so.

Der Drang nach ewiger Jugend

SCHAUEN WIR UNS um – und wir müssen dazu nicht in Fitness-Studios gehen –, horchen wir hinein in unsere Alltagsgespräche – und das muss nicht in einem Altenheim sein –, so vernehmen wir seltsame, höchst überraschende Laute, und wir hören sie immer öfter. Will man sie in einer Formel zusammenfassen, dann heißt diese etwa: »Ich möchte auf keinen Fall jünger sein! Ich bin glücklich, so alt zu sein, wie ich bin.«
Das klingt nach Klage und Anklage, das spiegelt auf den ersten Blick ein unnatürliches Denken, da muss in unserer Gesellschaft etwas in die falsche Richtung gelaufen sein. Denn positiver und weitaus natürlicher wäre es, würde man hören, und dies besonders in unserer Zeit, die den Jugendkult so inbrünstig zelebriert: »Was gäb ich nicht alles dafür hin, könnte ich noch einmal jung sein!«

Vordergründig besehen, ist unser Leben von einem Drang nach Jugend, Frische, Fitness beherrscht. Dieser Drang scheint ungebrochen. Gibt es nicht überall ein Hetzen und Jagen nach all den Glücksverheißungen, die sich mit dem Jungsein verbinden?
Und wenn wir bei dieser Jagd auch oft außer Atem kommen, wir laufen alle mit, wir wollen zur Stelle

sein, wenn die Göttin der Jugend und Schönheit sich neigt und ihre Gaben an die Sieger verteilt.
Auch die Alten sind mit auf der Piste. Sie trimmen sich in Gymnastikkursen, sie werfen sich Vitaminbomben in den Rachen, sie düsen um den Erdball – unvergesslich für mich die knorrigen zähen Alten einer amerikanischen Reisegesellschaft, die auf dem Felsplateau der Festung Masada im Heiligen Land unter glühender Sonne den höllischen 40-Grad-Strapazen einer »Israel-Rundreise in drei Tagen« trotzten.
Und so erscheinen uns am Horizont des Lebens die rosaroten Bilder einer wunderbaren Illusion: auf ewig jung, auf keinen Fall aber schon alt zu sein. Wer sechzig wird, sagt sich tröstend, erst mit siebzig ist es so weit. Wenn er dann diesen Geburtstag gepackt hat, schielt er auf die achtzig. Wie schön, dass der Mensch mit seinem eingebauten Hilfsmotor namens Hoffnung so überlebensfähig durch die immer steileren und engeren Serpentinen des Lebens kutschiert.

Aber kein Licht ohne Schatten, kein Sonnenaufgang ohne die rotviolette Sonnenkugel im Abenddämmern! Und so erklingt eben auch die andere, etwas düstere Melodie: Gut, dass ich es bis hierher geschafft habe. Was ich erleben durfte, kann mir niemand nehmen. Und von der Zukunft ist nur eines gewiss: die Ungewissheit, besonders heute.

Ein Mann, etwa sechzig, nach seiner eigenen Bekundung im Schattenreich zwischen Nochjungsein und Alter, antwortete in meiner kleinen privaten Umfrage, er sei zutiefst davon überzeugt, hier in Deutschland die schönste Zeit erlebt zu haben, die es auf diesem geschundenen Globus je gegeben hat. Dieser Aufstieg aus den Trümmern des grausamsten Krieges hinein in den Wohlstand sei faszinierend gewesen, und das alles geschah in Frieden und Freiheit – »das klingt zwar pathetisch, stimmt aber trotzdem«.

Und da er am Himmel die Blitze erkennt und deuten kann, die von sozialen Spannungen, von einem schleichenden Verfall so vieler Werte künden, dankt er seinem Schöpfer für die »Gnade der frühen Geburt«. Denn wer weiß, was noch alles auf uns zukommt.

Sind nicht auch im Hotel, so fragte er mich, die nächsten Gäste etwas schlechter als die, die gerade ihre Koffer gepackt haben und weggefahren sind? »Wer viel reist, kennt doch diese leidige Erfahrung.« Und genauso sei es auch bei der großen Reise, die wir Leben nennen …

»Im Grunde ist es doch traurig, dass ich froh bin, schon so alt zu sein, finden Sie nicht?«, fragte er mich beim Abschied. Ich wusste keine ehrliche Antwort und schon gar nicht ein Wort des Trostes.

Einen wirklich schönen Brief bekommen nur wenige

ELIAS CANETTI, der feinfühlige bulgarische Schriftsteller, einer spanisch-jüdischen Familie entstammend, hat einmal den trostlosen Satz geschrieben: »Niemand ist einsamer als ein Mensch, der niemals einen Brief bekommen hat.« Natürlich meinte Canetti nicht die Art von Briefen, die heute kreuz und quer geschickt werden, die Oberflächenbriefe mit Informationen über Beruf, Wetter, Reisepläne und anderen Alltäglichkeiten, mit Infos also.

Nein, er meinte etwas anderes: dass sich ein Mensch hinsetzt und einen Brief schreibt, der ausschließlich auf den Empfänger ausgerichtet ist, der Herz und Seele des Menschen bewegt, dem diese Zeilen zugedacht sind. Es muss, im Sinne Canettis, viel Einsamkeit unter uns sein, denn wohin man auch schaut, mit wem man auch spricht: Einen wirklich schönen Brief in dieser selten gewordenen Art der Anrührung bekommen nur wenige.

Und nicht einmal diejenigen, die solche Briefe – vielleicht sogar handgeschrieben – aussenden, können heute noch mit einer Antwort rechnen. Denn zu den kleinen Indizien des allgemein zu beobachtenden Verfalls der Sitten gehört, dass viele Menschen sich anscheinend zu der Devise entschlossen haben: Wer mir schreibt, hat selber schuld.

Ja, es gibt eine seltsame Scheu, sobald es um Briefe geht, in denen sich Menschen offenbaren, in denen sie ihre Gefühle »zu Papier bringen«, obwohl doch der jahrtausendealte Satz von Cicero »Epistola non erubescit« – ein Brief errötet nicht – immer noch gültig ist.
Wann immer ich in Biografien Texte lese, die Menschen in früheren Zeiten miteinander austauschten, die Briefwechsel, die manchmal Jahrzehnte umspannen und viele Bände füllen, wird mir die Armseligkeit unserer Zeit bewusst: Das flüchtige Medium der Telekommunikation hat eben seinen Preis.

Johann Wolfgang von Goethe konnte noch behaupten, dass Briefe zu den wichtigsten Denkmälern gehören, die der Mensch hinterlassen kann. Und sollte man sie – beispielsweise nach dem Tod – aus Gründen der Diskretion vernichten, »so verschwindet der schönste, unmittelbarste Lebenshauch unwiederbringlich für uns und andere«.
Eine Freundin erzählte mir dieser Tage, es sei für sie eine unvergesslich schmerzhafte Stunde der Scham und auch der Traurigkeit gewesen, als ihr zufällig eine Sammlung von Briefen in die Hände fiel, die ihre verstorbene Schwiegermutter vor vielen Jahren an ihren studierenden Sohn geschickt hatte. »Da erst empfand ich Liebe und Verständnis für sie, da bedauerte ich, dass ich die alte Dame so oft ver-

kannt und missverstanden hatte. Aber leider kam diese Erkenntnis zu spät.«

Die postalischen Erlebnisse, die uns heute vergönnt sind, erwärmen nicht die Sinne, sind meist nichts anderes als Attacken auf unseren Geldbeutel. Sie kommen oftmals sogar mit der plump-dreisten Anrede »Hallo, Peter Bachér« zu mir, überfallen mich mit ihrer vorgetäuschten Individualität, die heute dank Schreibcomputer mühelos hergestellt werden kann. In Wahrheit sind es Massensendungen, und die Absender tun so vertraulich, als seien wir uralte Freunde, die einst in der Sandkiste zusammen gespielt haben und die nun miteinander Geschäfte machen sollten.
In Abwandlung von Canetti kann man da nur sagen: »Niemand ist glücklicher als ein Mensch, der von solcher Post verschont bleibt.«

Mit fünfundsechzig – die ersten Schritte in das geheimnisvolle Land des Alters

MEIN LIEBER JUNGER Freund, ich darf Sie übermütig so anreden, obwohl Sie heute Ihren fünfundsechzigsten Geburtstag feiern, aber Sie sind ja noch »im Vollbesitz aller Kräfte«, wie Sie mir sagten. Und doch wissen Sie: Die ersten Schritte in das geheimnisvolle Land des Alters stehen nun bevor, und da heißt es, wachsam zu sein. Sie baten darum, ich möge Ihnen meine Erfahrungen aufschreiben, ein »ideelles Geschenk«, wie Sie sagten, ein materielles Geschenk wollten Sie nicht – »man hat ja heutzutage schon alles«.

Also, lieber Freund, machen Sie sich auf schwere Kost gefasst!

Das Wichtigste vorweg: Erkennen Sie, Sie sind im Alter nicht mehr so wichtig. Man mag Ihnen Orden geben, Sie zum Vereinsvorsitzenden wählen, Sie noch nicht von den Gästelisten irgendwelcher »Events« gestrichen haben – bedenken Sie: Dies sind alles die mildtätigen Gaben von Menschen, die Angst davor haben, eines Tages selbst zum »alten Eisen« zu gehören.

Nach Goethe kann man die Erfahrung nicht früh genug machen, wie entbehrlich man der Welt ist, was bedeutet: Man soll vor allem jungen Menschen nicht auf den Wecker fallen mit Ratschlägen, die aus einer fernen Vergangenheit stammen. Was kann jemand, der einst mit fein ziselierter Sütterlinschrift seine Briefe schrieb, jemandem sagen, der heute mit E-Mail und Blackberry hantiert? Jede Generation erobert sich die Welt neu.

Gestern traf ich eine Mutter, die auf meine Frage nach ihrer fünfundzwanzigjährigen Tochter antwortete: »Sie besucht mich heute für drei Tage, erstaunlich und wunderbar.« Was daran so erstaunlich sei, fragte ich weiter. »Na ja, sie kommt immerhin aus Los Angeles, nur um mich mal wiederzusehen.« – »Für zwei Tage den Elf-Stunden-Flug?« – »Ja, so ist es, ihr Terminkalender gibt nicht mehr her.« Was bedeutet: Mit Ratschlägen, die einst gültig waren, kann man heute nichts mehr anfangen.
Eine weitere Erkenntnis: Sprich nicht dauernd von der Vergangenheit, es sei denn, die Geschichten sind so ungewöhnlich und amüsant, dass sie auch im überbordenden Medienzeitalter noch interessieren. Und auch dann gilt: Erzähle sie nur einmal. Frage, bevor du beginnen willst: »Hab ich das schon erzählt?«

Noch eines ist wichtig, lieber Freund: Sprich nicht über die Gesundheit, es sei denn, du wirst ausdrücklich nach den Erfahrungen mit Ärzten, Kliniken, Operationen gefragt. Und auch dann gilt, was früher in den Telefonhäuschen stand, um Warteschlan-

gen zu vermeiden: »Fasse dich kurz!« Arthur Schopenhauer, dem wir den schönen Satz verdanken: »Die ersten vierzig Jahre des Lebens sind der Text, die restlichen Jahre sind der Kommentar«, schrieb uns ins Stammbuch: »Jedes überflüssige Wort wirkt seinem Zwecke entgegen.« Also: keine Langeweilerei, kein erhobener Zeigefinger.
Die praktischen Dinge des Alltags möchte ich nur kurz streifen: Sei nicht altersgeizig; erwarte nicht, dass andere dich dauernd einladen, lade selbst ein; zieh dich nicht zu jugendlich an; flirte ruhig einmal wieder; achte auf dein Gewicht; trainiere nicht nur die Muskeln; gib deinen Kindern und Enkeln alle Zeit der Welt – Kinder haben immer Vorfahrt vor jedem anderen Termin.

Das Wichtigste habe ich gesagt, das Allerallerwichtigste, mein lieber Freund, kommt jetzt: Das Alter nimmt nicht nur, es gibt auch. Das hat der liebe Gott sehr gut eingerichtet, dass wir bei konkreten Lebensfragen eine größere Urteilsfähigkeit haben, dass wir Wesentliches vom Unwesentlichen besser unterscheiden, dass wir mit mehr Gelassenheit den Verlust an Vitalität ausgleichen können.
Wir haben alle »konservierte Gefühle« in uns, Erinnerungen an Erlebnisse, die uns beglückten – und die uns keiner nehmen kann. Sie begleiten uns auf unserer Erdenreise, auch wenn wir mit Hermann Hesse wissen, dass das Schöne im Leben einen Teil

seines Zaubers aus ebendieser Vergänglichkeit zieht. Und wenn auch der Körper die Spuren des Alters erleidet, erkenne den Reichtum des schon gelebten Lebens. Wir alle kennen das berühmte Wort, wonach die Erinnerung das einzige Paradies ist, aus dem wir nicht vertrieben werden können. Wir müssen uns daran nur immer wieder erinnern …

Brief an die Enkelin: Was nur ein Großvater sagen kann

LIEBE ANUSCHKA, ich habe Angst. Ich habe Angst, dass ich als Dein Großvater plötzlich wie ein Schulmeister dastehe, wenn ich Dir jetzt schreibe, was nur ein Großvater schreiben kann – nicht der Vater, nicht die Mutter können das, die sind zu nahe dran, aber der Großvater kann Dir etwas ganz Wichtiges sagen, und ich will es auch tun, heute an Deinem achtzehnten Geburtstag, der Dir den Himmel auf Erden verspricht.
Achtzehn – das bedeutet: Endlich frei! Der Einzug in das gelobte Land der totalen Selbstbestimmung. Endlich volljährig – ein hässliches Wort, aber eine wunderbare Sache, lang ersehnt. Die Politiker umwerben Dich nun, wollen Deine Stimme. Die Lehrer sind mit ihrem Latein am Ende. Und auch Deine Eltern haben Dir »bei aller Liebe« theoretisch eigentlich nun nichts mehr zu sagen. Ja, so viel Freiheit war nie – und wird vielleicht nie wieder sein.

Und nun komme ich, Dein Großvater, und sage Dir aus langer Erfahrung etwas Verblüffendes: In Wahrheit ändert sich nichts, jedenfalls nichts in den wesentlichen Dingen, und das sind die, die mit dem Herzen zu tun haben.

Sicher, ein paar Kulissen werden in dem Spiel des Lebens auf der Bühne hin- und hergeschoben, die Bühne wird neu illuminiert – der neue Führerschein, die erste Fahrt am Steuer eines eigenen Autos vielleicht –, aber das Stück, das da gespielt wird, hat immer noch denselben Hauptdarsteller: nämlich Dich!
Deine »Kindheit« ist nun auch offiziell zu Ende, kalendermäßig – aber ist das ein Grund zum Jubeln? Ich weiß es nicht. Kindheit ist auch heute im Zeitalter der Computerspiele immer noch ein verwunschenes Land.
Und dann gibt es einen Satz, der mir beim Schreiben einfällt. Er stammt von Elias Canetti: »Vielleicht ist kein einziger Mensch es wert, ein Kind zu haben.« Wie viel Demut steckt in diesem Satz!
Haben nicht auch wir, Deine Eltern, Deine Großeltern die große Verantwortung gespürt, als wir vor genau achtzehn Jahren staunend in der Geburtsklinik standen und Dich hinter der Glasscheibe zum ersten Mal bewunderten?

Und heute bist Du achtzehn Jahre alt! Ein Tor wird aufgestoßen, Du gehst hinaus ins Leben, Deine Eltern winken Dir nach, und wir können es drehen und wenden, wie wir wollen: Da wird ein Schmerz sein, ein Stich im Herzen, denn Deine Eltern erkennen spätestens jetzt die Wahrheit, die ein Freund von mir in diesem einen Satz gebündelt hat: »Kin-

der können sehr wohl ihre Eltern verlassen, aber Eltern niemals ihre Kinder.«
Eine Frage beschäftigt an diesem Tag noch meine Phantasie: Wie mag es auf dieser guten alten Erde ausschauen, wenn Du so alt bist wie ich heute, also in einem halben Jahrhundert? Wird dann alles noch schöner, perfekter sein als heute?
Vielleicht machst Du Urlaub auf dem Mond, vielleicht ein Weekend in San Francisco, Flugzeit nur noch hundert Minuten, vielleicht gibt es keine Krankheiten mehr, keine Schmerzen – und das Durchschnittsalter ist gestiegen: hundertzwanzig Jahre mindestens.
Ich wünsch es Dir, liebe Anuschka. Das Leben beschleunigt sich in einem Maße, dass ich Dir nur sagen kann: Halte Balance, genieße bei aller Geschwindigkeit das Wunder, zu Gast auf diesem Planeten zu sein, erkenne, dass das Maß aller Dinge die Liebe ist, die uneigennützige Liebe wohlgemerkt, und gib ein bisschen Liebe an die Eltern zurück, sie brauchen es mehr, als Du je denken kannst.

Die vergessene Handtasche – Lehrstück der Vergänglichkeit

PLÖTZLICH SAGTE MEINE Frau, sie hätte ihre Handtasche vergessen, »kein Grund zur Aufregung«, aber wir müssten leider noch einmal umkehren, und so lenkte ich den Wagen zurück zum Hotel, etwa vierzig Kilometer waren wir bereits gefahren.
Die Tasche müsste im Schlafzimmer liegen, »auf dem Nachttisch, hinter den Blumen«, sagte sie, oder im Bad, aber das sei unwahrscheinlich.
Ich raste durch die Halle, fuhr in den dritten Stock, lief den Korridor entlang, Zimmer 344, »kein Grund zur Aufregung«, hatte meine Frau gesagt, denn sie weiß: Ich hasse es, umzukehren, zurückzufahren.
Natürlich hatten wir den Schlüssel abgegeben, doch ich hoffte, ein Zimmermädchen zu finden, das mir noch einmal schnell die Tür öffnen würde. Aber es war nicht nötig – die Tür stand weit offen, sicher kam gleich noch der Mann vom Minibar-Service.

So trat ich ein in den Raum, in dem wir eine Woche gelebt hatten, in dem ich auf Zeit gleichsam »zu Hause« war – ein schönes Zimmer, ein paradiesischer Blick –, jetzt aber fühlte ich mich fremd.
Die Betten, sie waren inzwischen neu bezogen. Die Blumen? Weggeräumt. Auch im Badezimmer war

alles geordnet, war alles perfekt hergerichtet für den nächsten Gast. Und die Handtasche? Sie war verschwunden.

Und siehe da: Der Neue muss auch bereits da gewesen sein. Denn da standen zwei Koffer neben dem Schreibtisch, eine Sonnenbrille lag auf dem Sofa, ein paar Illustrierte, eine Schachtel Zigaretten, ein Feuerzeug.

Ich kam mir wie verstoßen vor, ich fühlte mich unbehaglich, weil ich in einen Raum eingedrungen war, von dem ich glaubte, dass er »noch ein bisschen« mir gehörte, weil ja die Handtasche meiner Frau noch dort liegen musste.

Und nun erlebte ich, dass ich hier nichts mehr zu suchen hatte. – Ich ging zur Rezeption, dort war die Tasche tatsächlich abgegeben worden, meine Frau hatte es schon vermutet, und: In einem so feinen Haus würde schon nichts verloren gehen.

»Wie gut, dass die Tasche da ist«, sagte sie nun, als ich mich ans Steuer setzte, denn ihr war eingefallen, dass sie ja ihren Pass bei der Grenzkontrolle braucht, »ohne Pass bist du verloren.« Minuten später fragte mich meine Frau, warum ich so still sei. »Es ist nichts«, sagte ich – und log.

Ich gab ihr an einer Kreuzung bei Rot einen schnellen Kuss, weil ich daran gedacht hatte, wie wunderschön die Zeit mit ihr gewesen war und dass man schöne Orte sowieso nur zusammen genießen kann.

Aber irrsinnigerweise hatte ich für Sekunden das Hotelzimmer mit unserem eigenen Leben verglichen, in dem wir ja auch als Gast nur kurz Station machen. Daher der Anflug von Melancholie.
Denn immer wartet schon ein anderer auf unseren Platz, der auch sofort besetzt wird, sobald wir ihn räumen. Nur die Erinnerung nehmen wir mit und den Trost, dass sie das einzige Paradies ist, aus dem wir nicht vertrieben werden können, von keinem Zimmermädchen, von niemandem, wo immer wir auch sonst waren.

Ältere Menschen, schöne Füße und die Werbung

Der Vorstand einer großen amerikanischen Schuhfabrik konsultiere den wohl genialsten Werbefachmann, den diese heiße Branche je gesehen hat: den Wiener Dr. Ernest Dichter. (»Nomen est omen« trifft in diesem Fall allerdings nicht zu, weil er in der Welt der knallharten Geschäfte lebte und nicht im Universum der Poesie.)

»Was sollen wir machen, um mehr Schuhe zu verkaufen?« So lautete die Frage an den Meister der Motivationsforschung, der auch sofort antwortete: »Meine Herren, es fängt damit an, dass man Frauen keine Schuhe verkauft. Frauen verkauft man schöne Füße.«

Diese Erkenntnis, vor Jahrzehnten völlig neu, gehört inzwischen längst zum Waffenarsenal aller Werbekünstler – weshalb wir in Kaufhäusern sogenannte »Erlebniswelten« betreten, was wir an den Grabbeltischen manchmal glatt vergessen.

Aus dieser Branche, die so sensibel ist, kommen immer wieder neue Nachrichten. Da las ich vor einiger Zeit, dass die Werbefachleute, die schnellen Jungs von den Ablegern der Madison Avenue, N.Y., ein Versäumnis eingestehen, das sie sofort korrigieren müssen: Die Werbung hat, so die alarmierende Analyse, die ältere Generation sträflich vernachlässigt, was man am schnellsten an sinkenden Umsatzzahlen ablesen kann.

Die »Oldies« sind, nach ihrer Definition, all jene, welche die fünfzig überschritten haben, was darauf schließen lässt, dass die Werbeleute doch noch einen Nachhilfekursus in Biologie nehmen – oder sich mal im Ferienflieger nach Mallorca umschauen sollten.

Ich jedenfalls sehe ganze Armeen von freizeitfröhlichen vitalen Sechzigern, die frustrierte Vierzigjährige glatt in die Tasche – was sage ich? –, in die Westentasche stecken könnten.

Aber ich gestehe: Man braucht statistische Mittelwerte in Größenordnungen, an denen man sich orientieren, und »Zielgruppen«, auf die man schießen kann.

Bei der Jagd nach der Jugend hat man in den letzten Jahren die »Kukidents«, wie die Älteren zuweilen zynisch genannt werden, glatt übersehen und sicher manches Werbepulver verschossen.

Zumal wir ja alle um die Macht und Ohnmacht der Werbung wissen, die der amerikanische Warenhauskönig John Wanamaker mit diesem Stoßseufzer treffend beschrieben hat: »Ich weiß, dass fünfzig Prozent meiner Werbung zum Fenster hinausgeworfen werden, ich weiß nur nie, welche fünfzig Prozent.«

Nun also heißt es: zurück, marsch, marsch! Hin zu den Älteren, die oft über mehr Geld verfügen als die Jüngeren.
Und da immer häufiger von der Erbengeneration berichtet wird, die sich in die Luxussessel der Langstreckenjets lümmelt, während die Oldies sich hinten in die schmalen Sitze zwängen, droht auch hier wie überall sonst die Wende: Opa fliegt jetzt erster Klasse und haut das Geld selbst zum Kabinenfenster raus.
Die Studie warnt nur davor, sich den älteren Herrschaften in den Texten mit Begriffen wie »Senioren« oder gar »Lebensabend« zu nähern, wenn die Werbebotschaft ankommen – und der anschließende Griff in die Geldbörse funktionieren soll.

Merke: Auch ältere Menschen wollen umworben sein und schöne Füße haben.
Und: Sie verdienen überhaupt ein bisschen mehr Respekt …

»Wir telefonieren bald«: Nachdenken über den Verlust eines Freundes

SELTSAM, ZWISCHEN ALL den Briefen, die morgens gekommen waren, hielt ich einen besonders lange und unschlüssig in den Händen, öffnete das Kuvert mit leichtem Zögern.

Mir schien es, als ob von diesem völlig neutralen, mit Maschine adressierten Briefumschlag eine Botschaft ausginge, die nicht gut sein konnte – und die dann auch nicht gut war. Denn der Brief brachte mir die Nachricht vom Tode eines alten Freundes in Salzburg.

Wir hatten uns einige Wochen nicht gesehen, aber das war nicht ungewöhnlich – und das konnte deshalb auch nicht der Grund für meine Vorahnung sein.

Nun aber, während mich die Traurigkeit in Sekunden überfiel, drängte sich ein zweiter Gedanke in den Vordergrund – und der betraf nicht ihn, den ich nun verloren hatte, sondern mich selbst.

Denn jetzt waren plötzlich die Bilder alle wieder da, die die Erinnerung auf so wundersame Weise in uns bereithält – die Erinnerung an unseren letzten gemeinsamen Abend bei seinem Besuch in Hamburg.

Er war, im milden Licht des Restaurants konnte ich es gleichwohl gut erkennen, einen Ruck älter geworden, »es gab da eine böse Operation, aber nun ist alles wieder gut«. Und dann lachte er wie eh und je, hatte tausend Pläne. Reisen vor allem, eine Kreuzfahrt durch die Karibik war geplant, »mit meiner Frau, denn was sind wir ohne unsere Frauen«, und es war viel Helligkeit um ihn, und als wir uns trennten, rief ich ihm noch nach, während er ins Taxi sprang: »Wir telefonieren bald, lass uns nicht wieder eine so lange Pause einlegen.«

Und dann? Dann gab es diese Pause doch! Ein paar Mal wollte ich ihn anrufen, ich hatte auch vor, ihn zu besuchen, aber Salzburg lag nicht auf dem Weg, die Flugzeuge jagen uns von Punkt zu Punkt, immer dahin, wo angeblich so Wichtiges wartet – Salzburg lag nicht am Wege.

Und nun? Nun lese ich die gedruckte Nachricht seiner Frau, die auch im Namen der Kinder, der ganzen Familie von dem Verlust kündet.

Und meine Worte vor ein paar Wochen klingen in mir nach: »Wir telefonieren bald …«

Es waren meine letzten Worte an ihn; seine letzten Worte habe ich nicht mehr in Erinnerung, es ging ja alles so schnell, Abschied von guten Freunden geht immer schnell, man wird ja irgendwann wieder zusammenkommen, keine falsche Sentimentalität also.

Einen Moment lang schämte ich mich sogar. Warum hatte ich beim Anblick der Nachricht mehr an mich als an ihn gedacht? Warum verblüffte mich die dunkle Ahnung, die ich beim Öffnen des Briefes spürte? Warum beschäftigten mich meine letzten Worte so sehr und die Frage, ob sie nun, im Angesicht des Todes, Bestand haben? Warum quälte es mich, dass ich ihn nicht angerufen hatte, wie es doch versprochen war?

Ja, das Nachdenken über das Rätselhafte in uns Menschen kann sogar für Augenblicke das Mitleiden zur Seite schieben. Im Spiegel des Verlustes prüfen wir ganz schnell unser eigenes Gewissen. Und – eine zweite Traurigkeit stellt sich ein.

Wenn man aus der Bahn geworfen wird, erkennt man: Glück – das ist Alltag!

SELTSAM, DA LIEST man immer wieder die klugen Worte von Goethe, Novalis, Schopenhauer, Fontane und anderen über das, was dieses wundersame Ding, das sich Glück nennt, denn nun wirklich ist. Und dann ...

Wir hatten uns lange nicht gesehen, aber das war nicht ungewöhnlich, und so fragte ich ihn eher beiläufig, wie es denn in seinem Urlaub gewesen sei. Und erschrak. »Urlaub? Wenn es das bloß gewesen wäre!«, sagte er etwas bitter, und nun hörte ich, dass ihm ein doppelter Bypass gelegt werden musste, Operation, Kur, Nachkur – drei Monate war er einfach verschwunden.

Drei Monate von siebzig Lebensjahren – eine verlorene Zeit? Kaum hatte ich die Frage gestellt, stutzte ich, als ob jemand je eine Herzoperation gleichsam in der eigenen Hand hätte.

Er antwortete, wie ich es erwartet hatte: dass er nach den Schmerzen, nach der Abhängigkeit von helfenden Fremden, nach Bewegungsunfähigkeit nun alles, aber auch alles bewusst genießt. Wichtiges vom Unwichtigen unterscheiden kann.

Ja, sagte ich, »Glück ist die Abwesenheit von Schmerz«. Dieses Philosophenwort schien mir von allen Glücksdefinitionen immer die beste zu sein … Und wir waren uns einig, wie wahr dieses Wort ist.

Doch dann hielt er plötzlich inne, schaute mich unverwandt an, sagte, dass er inzwischen zu einer anderen Antwort auf diese Frage gekommen sei, die die Menschen ja so unermüdlich beschäftigt.
»Glück?«, sagte er langsam und gab dann die Antwort, seine Antwort: »Glück ist Alltag.«
Dann schwieg er. Ihm schien es für einen schwebenden Augenblick wie mir zu gehen: War diese Erklärung nicht doch ein bisschen zu simpel?
Aber dann fing er an zu reden: »Plötzlich erkennst du, was für ein Wunder es ist zu schlafen, ohne schwere Träume aufzuwachen, die Sonne zu sehen, sie auf der Haut zu fühlen, Auto zu fahren, Leute zu treffen, das ist Leben.«
Und, beflügelt von seinen eigenen Worten, wiederholte er fast predigend: »Glaub mir, ich weiß es jetzt: Glück ist Alltag. Ich meine wirklich den ganz schlichten Alltag. Dass ich hier mit dir sprechen kann. Dass ich heute Abend ins Kino gehe. Wir denken immer, im Urlaub zu sein sei Glück, der erste Ferientag oder ein Lottogewinn. Aber in Wahrheit ist schon der ganz normale Alltag Glück. Man muss es nur am eigenen Leibe erfahren haben.«
Sicher, es gibt viele Essays, Aphorismen, kluge Bücher über das, wonach wir alle jagen. Aber dann kommt einer daher, der es so einfach ausdrückt,

dass man erst verwundert ist, dann beschämt – und zuletzt ganz nachdenklich wird.

Ja, Glück ist Alltag, das gilt sogar am Sonntag – vorausgesetzt, es ist auch dies ein Sonntag wie jeder andere. Und wenn man plötzlich sein Leben immer so betrachtet, wenn man ohne Bypass zu dieser Erkenntnis kommt, ja, dann kann man wirklich sagen, man hat Glück gehabt.

Mit siebzig hat man den Maskenball des Lebens endgültig durchschaut

Es sei nur eine »ganz kleine Bitte«, wurde mir am Telefon gesagt. Da bin ich aber gespannt, antwortete ich. Ob ich eine kurze Ansprache halten könne, am nächsten Freitag, zum siebzigsten Geburtstag einer gemeinsamen Freundin. Ob man sich nicht etwas Leichteres für mich ausdenken könne, fragte ich sofort zurück. Denn ich ahnte: Tischreden zum siebzigsten Geburtstag haben es in sich, sind etwas anderes als gut gemeinte Worte zum fünfzigsten oder auch sechzigsten Geburtstag.
Bei siebzig geht es härter zur Sache. Da ist der Sonnenaufgang schon weit weg. Da fällt Abendlicht auf die Straße des Lebens. Ja, es ist eher schon mal Dämmerung. Da darf man kein Süßholz raspeln. Wer siebzig ist, hat im Allgemeinen den Maskenball des Lebens durchschaut. Er weiß, wo die Grenzlinien verlaufen. Natürlich gibt es auch Tröstliches, ohne Frage, und darüber darf man auch sprechen.

Ich begann, mich im Bekanntenkreis umzuhören. Erstaunlich, in welcher Bandbreite die Antworten kamen. Von der dröhnend vorgetragenen Behauptung »Das Alter ist für mich kein Thema« bis zu dem Eingeständnis »Ich habe unheimliche Angst vor Einsamkeit, vor Krankheit und Tod« gab es die ganze Klaviatur des Lebens. Alle wussten, dass die Stunde der Demaskierung unweigerlich kommen wird, aber jeder glaubte auch, dass es noch nicht so weit sei. »Ein paar Jährchen bleiben mir bestimmt noch …«

Beim Einsammeln der Stichworte für meine kleine Ansprache stellte ich dann fest: Jeder, der zwischen sechzig und siebzig ist, versucht einer der schwersten Entscheidungen auszuweichen: Soll ich dem Alter, das schon vor der Tür steht, das vielleicht mit Krankheit schon mal anklopft, die Hand reichen – oder soll ich das Alter zurückweisen, so lange es nur geht? »Ich muss im Leben nicht mehr nach Feuerland oder Hawaii reisen, ich habe mich häuslich in der Nähe meiner Ärzte eingerichtet«, sagte der eine. »Ich will einmal noch mein geliebtes New York sehen, auch wenn ich nur noch mit Krücken durch den Central Park laufen kann«, sagte der andere.

Ich holte mir dann Bücher, in denen Gültiges über das Älterwerden steht, las erschütternde Sätze wie diese von Simone de Beauvoir, die sie schon im Alter von fünfundfünfzig Jahren niedergeschrieben hat: »Ich hasse mein Spiegelbild. Das Sterben hat schon begonnen. Das hatte ich nicht vorausgesehen – dass es so früh beginnt und dass es so wehtut.« Keine Lektüre, die mich für meine Tischrede weiterbringt, auch wenn die berühmte Schriftstellerin ein paar Jahre später mit dem Essay »Das Alter« das beste Buch zu diesem schwierigen Thema geschrieben hat.

Gewiss, auch dort gibt es Melancholisches und Trauriges zu lesen, so die poetische Klage des Märchen-Dichters Andersen: »Gehe ich in den Garten zu den Rosen, was können sie mir noch sagen, was sie mir nicht schon gesagt hätten?« Aber dann gibt es doch, gleichsam als Summe aller Beobachtungen, eine Erkenntnis, wie man das Leben im Alter so gestalten kann, dass es trotz aller Schwierigkeiten seinen Sinn und seine Würde behält.
»Wollten wir vermeiden, dass das Alter zu einer spöttischen Parodie unserer früheren Existenz wird«, schreibt Simone de Beauvoir, »so gibt es nur eine einzige Lösung, nämlich Ziele zu verfolgen … das hingebungsvolle Tätigsein für Einzelne, für Gruppen oder für eine Sache.« Und sie schrieb, und das schon 1970, dass die Gesellschaft die Lage der Alten mit aller Entschlossenheit zuerst verbessern müsste. »Die Alterspolitik ist ein Skandal« – so ihr Urteil. Nichts hat sich seither zum Besseren verändert, die Politiker versagen, wenn es um jenen Teil der Bevölkerung geht, den man als »wehrlos« bezeichnet, denken wir nur daran, wie schäbig die Generation heute behandelt wird, die Deutschland nach dem Krieg zu ungeahnter Blüte führte.

Obwohl ich mich nun durch meine kleine private Umfrage und durch Lektüre für meine kurze Tischrede bestens vorbereitet fühle, beschleicht mich ein Unbehagen, denke ich an den kommenden Freitag:

Lobe ich die Vorzüge des Alterns zu sehr (»Man darf endlich mal fünfe gerade sein lassen«), mache ich mich der Schönrederei schuldig; spreche ich Klartext, was Sache ist (»Das Alter ist die brutale Konfrontation mit der eigenen Vergänglichkeit«), dann ist es um die Stimmung beim Festmenü geschehen. Vielleicht werde ich deshalb nur davon sprechen, dass wir alle an der Festtafel irgendwann ein Niemandsland betreten, in dem wir noch hin und her schwanken in dem trügerischen Gefühl, »eigentlich noch ganz jung zu sein«. Aber die ausgleichende Gerechtigkeit, die auf wunderbare Weise in unser Leben eingebaut ist, schenkt uns im Alter dann angeblich, was es nur jenseits des Niemandslandes gibt: die »Weisheit« des Alters. Und das sei dann das Thema für eine spätere Tischrede. Ja, so werde ich es machen.

Gefühle, die nur ein alter Koffer schenken kann

DER SATZ KAM am Frühstückstisch so leise daher, als sei er eigentlich gar nicht gesagt worden, aber wenn es um Bruch mit Traditionen geht, werde ich ganz hellhörig, funktioniert meine eingebaute innere Alarmanlage und signalisiert mir: Vorsicht, jetzt heißt es aufpassen!

Denn was ich soeben von meiner Frau hörte, das schmerzte schon sehr: »Ich habe übrigens den alten Lederkoffer im Keller zu den Sachen gelegt, die morgen abgeholt werden.«

... den alten Lederkoffer ... Ich weiß nicht, ob Koffer fühlen, was Menschen so spöttisch daherreden, aber wenn mein Koffer – mein geliebter Koffer! – es hören könnte, er würde sich empören. Ein Tod auf dem Sperrmüll, das kann doch nicht euer Ernst sein, nach all den vielen gemeinsamen Jahren.

Ich gebe zu: Beim letzten Zwischenstopp in Frankfurt muss er auf den kilometerlangen Laufbändern einen entscheidenden Schlag wegbekommen haben – zerbeult, am Schloss aufgerissen, er sah wirklich erbärmlich aus, als er den Atlantikflug hinter sich hatte.

Und vermutlich fiel der Sperrmüll-Entschluss, als meine Frau meinen geliebten Koffer zwischen all den Luxusvariationen sah, die eine gigantische Koffer- und Verpackungsindustrie uns heute beschert.

Ich hörte plötzlich, wie mein alter Lederkoffer mir zurief: Sei kein Schuft, verrate mich jetzt nicht, mein letztes Stündlein ist noch nicht gekommen, ich bin immer noch reisefähig, ich bin mit meinen vier Jahrzehnten zwar der Oldie unter allen Koffern; muss ich in irgendeiner Gepäckaufbewahrung warten, dann sollst du mal sehen, wie ehrfürchtig ich von den anderen Koffern, dieser modischen »luggage«, mit ehrfürchtigem Respekt behandelt werde.

Dann muss ich, lieber Freund, sogar Geschichten erzählen von all den Abenteuern, die ich mit dir erlebt habe. Denkst du beispielsweise noch an New York, als ich zu spät kam, weil das Gepäck »automatisch umgeladen« wird, was natürlich nicht immer klappt, und der Smoking zur großen Hochzeitsfeier fehlte, du musstest nachts noch schnell einen neuen besorgen, in Deutschland unmöglich: Ladenschluss.

Und dann dies: Du hast mir doch im King David Hotel in Jerusalem eines ganz fest versprochen: Hier kommen wir noch mal her, den Blick auf die goldene Kuppel des Felsendoms wollten wir unbedingt noch einmal genießen. Erinnerst du dich?

Koffer sind Schatztruhen der Erinnerungen. Einmal hatte ich etwas Seesand aus Sylt in einer meiner vielen Seitentaschen versteckt, und als du kurz vor Weihnachten für eine Geschäftsreise ins kalte Frankfurt gepackt hast und der Sand plötzlich durch deine Finger rieselte, da spürte ich, wie eine unbändige Sehnsucht nach Sommer und Sonne und Meer in dir aufstieg. Solche Gefühle schenkt nur ein Koffer.

Verstehen Sie nun, dass ich meinen zerknitterten geliebten Lederkoffer behalten will und dass ich gleich in den Keller gehen werde, um ihn zu retten vor dem Abtransport, auch wenn ich zugeben muss: Es gibt natürlich schönere, leichtere, praktischere Exemplare. Aber wenn er, meist als Letzter, auf dem Gepäckband am Airport angerollt kommt, dann werde ich immer schon ganz schön sentimental.

Eines hat sich allerdings verändert: Früher war der schönste Augenblick, wenn ich meinen Koffer packte, auf zu neuen Zielen, und ich mir vorstellte, wie es sein wird, wenn ich ihn am Ziel wieder auspacke: diese unbändige Vorfreude, in diesem Leben für kurze Zeit einzusteigen in ein völlig neues Leben, wie es eine Reise schenken kann.
Und heute? Heute ist der schönste Augenblick traurigerweise, wenn ich ihn zu Hause auspacke, wenn alles gut überstanden ist, keine Verspätungen, Umleitungen, Terror – wenn ich also wieder heil zurück bin.

»Hallo, wie geht's?« – Aber wollen wir es wirklich so genau wissen?

ES WAR EINE jener eher flüchtigen Begegnungen, die unser Leben ausmachen – neben den wichtigen, bedeutenden Begegnungen, bei denen wir natürlich hellwach sind. Aber diesmal stand ich, gedankenverloren, plötzlich vor einem alten Bekannten, den ich seit vielen Jahren aus den Augen verloren hatte und den ich daher mit der Allerweltsfloskel »Hallo, wie geht's?« begrüßte.
Dies war, wie ich zugebe, das kleinste Wechselgeld, das man hinschenken kann, und ich erwartete, dass er mir sofort mit gleicher Münze heimzahlen würde: »Es geht, man soll nicht klagen.« – So oder so ähnlich ziehen wir uns, die Jagenden und Gejagten, ja gerne schnell aus der Affäre.

Aber diesmal war es anders. Der Mann blieb stehen, schaute mich, länger als üblich, unverwandt an, um dann seinen Schuss loszulassen, der mich sofort traf: »Wollen Sie das wirklich wissen?«
Nun zögerte ich, fühlte mich plötzlich hilflos, gab mir dann aber einen Ruck – und doch wusste ich in derselben Sekunde, dass ich nur der Höflichkeit, gleichsam in der zweiten Stufe des Interesses, folgte, als ich ihm antwortete: »Aber natürlich, wir haben uns ja lange nicht gesehen.«

Er hatte längst gespürt, dass mein Interesse an seinem Leben weit geringer war, als meine Frage es vortäuschte. Darum berichtete er mir auch nur Oberflächliches, Alltägliches, Unverbindliches – dann gaben wir uns die Hand, aus, vorbei. Wir hatten wirklich nur Kleingeld gewechselt.

Die Flüchtigkeit dieser zufälligen Begegnung, sie ging mir noch lange nach. Ich tröstete mich damit, dass wir nicht die Kraft und schon gar nicht die Zeit haben, immer die Fassade zu durchstoßen, an den Freuden, vor allem aber den Sorgen anderer Menschen teilzunehmen, dass es im Leben abgeschlossene Kapitel geben muss. Und doch war ich traurig über meine Unfähigkeit: Denn in dem Gesicht des Mannes glaubte ich für den Bruchteil einer Sekunde zu erkennen, dass er gerne länger mit mir gesprochen hätte, dass ihn etwas bedrückte, dass er aber sehr wohl bemerkte, wie ich mich ihm innerlich verweigert hatte.

Man muss gar nicht zu jener Gesellschaft gehören, die heute gerne als »Bussi-Bussi-Gesellschaft« apostrophiert wird, um zu erkennen, dass etwas Wesentliches in unserem eiligen Leben immer schneller zu verschwinden droht: die aufrichtig empfundene Anteilnahme am Schicksal anderer.

Wir lieben es glatt. Wir möchten alles möglichst problemlos. Keine langen Geschichten bitte, die unseren Seelenfrieden stören könnten. Vergangen

ist vorbei. Das schnelle Begrüßungsritual ist nur ein Ritual. Wer es durchbricht, wer sich gar mutig öffnet, wer nachfragt, der läuft Gefahr, in das Schicksal anderer Leute verstrickt zu werden, sich gar darin zu verheddern. Wer aber will das schon?
Und so zahlen wir mit kleiner Münze – und die ist oft auch noch Falschgeld: Denn wir wollen gar nicht so genau wissen, wie es jemandem geht, wenn wir ihm, mit den Gedanken schon ganz woanders, die Floskel »Wie geht's denn?« hinknallen.

Kein Anschluss unter dieser Nummer

GLEICH WIRD ER sich melden. Ich habe sechs Ziffern gewählt. Ich fand die Nummer in meinem privaten Telefonbuch. Ich entdeckte sie zufällig. Es gab keinen Anlass, den alten Freund anzurufen, außer dem, dass es ihn gibt. Und dass wir sehr lange nicht miteinander telefoniert haben.

Und dass ich neugierig bin und mich gerne mal umschaue auf dieser Weltenbühne, wer da noch mit im Spiel ist. Und wie es den Mitspielern vergangener Tage ergehen mag.

Ich finde es phantastisch, mit dem Wählen von ein paar Ziffern, schnell eingetippt in den kleinen Apparat, in ein anderes Leben einzusteigen, ohne Voranmeldung, ohne reisen zu müssen, ohne jede Strapaze, einfach so: »Hallo, wie geht's, lange nichts voneinander gehört ...«

Gleich also wird er sich melden. Wird er überrascht sein, meine Stimme zu hören, wird er vor Schreck gar den Hörer fallen lassen? Oder wird er ganz cool sein, vielleicht sogar im vorwurfsvollen Ton sagen: »Schön, dass du dich mal meldest, ich dachte schon, du vermutest mich in den ewigen Jagdgründen ...«

Da ertönt, nach der letzten Ziffer, ein leises Knacken. Aha, denke ich, jetzt kommt der Anrufbeantworter. Dieses ebenso herrliche wie grausame Gerät: herrlich, weil man wenigstens eine Nachricht deponieren kann, grausam, weil der Anruf erst einmal ohne Echo bleibt, ein Gruß hinein ins Leere.

Dann aber, mit kurzer Verzögerung, meldet sich eine eiskalte Stimme, die eigentlich keine menschliche Stimme ist, eher ein technischer Laut, und dieser Laut schiebt mir eine Botschaft ins Ohr: »Kein Anschluss unter dieser Nummer.«

Jetzt sind meine Gedanken wie Blitze in einem schwarzen Himmel. Was ist geschehen? Ist der Freund von gestern – genauer: von vorgestern, denn zu lange haben wir nicht mehr miteinander geredet – noch am Leben? Oder ist er nur umgezogen? In eine andere Stadt, vielleicht gar ins Ausland? Er träumte oft vom Aussteigen. »Mallorca, das hat was.« Ich habe diese Bemerkung von ihm noch in Erinnerung.

Wie auf einer brüchigen Schelllackplatte kommt nun dieses unbarmherzige »Kein Anschluss unter dieser Nummer«. Das klingt so endgültig. Da gibt es keinen Spielraum, höchstens für die Phantasie, die jäh aufflackert und sich das Schlimmste ausmalt – warum eigentlich?

Weil »Kein Anschluss …« nichts anderes bedeutet als: »Hier enden alle Wege.«

Ich meine, im Geheimen ein höhnisches Gelächter meines Freundes zu hören: »Ich war für dich ja

doch nichts anderes als eine Nummer, sonst hättest du doch mal durchgerufen. Aber diese Nummer gibt es nicht mehr. Am besten ist, du löschst meine Nummer auch in deinem Büchlein, lieber Freund.«
Noch einmal wähle ich die sechs Ziffern, es könnte ja ein Irrtum gewesen sein – dann lege ich enttäuscht den Hörer zurück auf die Gabel, dieses Stakkato »Kein Anschluss ...« noch im Ohr, diese fünf Wörter, gnadenlos aneinandergereiht.
Nichts Verbindliches ist zu hören, keine Information, etwa in dem Sinne: »Versuchen Sie es bitte unter einer anderen Nummer.« Oder: »Wir helfen Ihnen gerne weiter.« Oder: »Der Teilnehmer ist unbekannt verzogen.« Oder, und dies wäre dann das Schlimmste: »Der Inhaber ist verstorben.«
Nein, da ist nur schiere Ungewissheit. Ich suche jetzt die Nummer der Auskunft heraus, will nachforschen, ob der Freund noch in der Stadt ist.

Für Sekunden schwanke ich zwischen Hoffnung, ihn doch noch aufzuspüren, und der Befürchtung: Du hast die sechs Ziffern zu spät gewählt.
»Kein Anschluss unter dieser Nummer« – das klingt nicht nur so verdammt grausam. Es ist grausam. Es ist seelenlos. Es ist technisch. Es ist cool. Es ist so cool wie diese Zeit.

Verloren in der Suche nach dem Sinn des Lebens

Sie sassen beim Frühstückstisch, als die Nachricht kam. Sie kam per Telefon aus der benachbarten Stadt. Die Frau sagte nur: »Das ist ja schrecklich.« Und dann, nach einer Weile, fügte sie noch hinzu: »Ich hab es kommen sehen.« Aber sofort bereute sie, so weit gegangen zu sein, denn eigentlich ging es sie ja gar nichts an, wie der Freund mit seinem Leben umging, das nun ganz plötzlich zu Ende war – Herzinfarkt.

Die Frau setzte sich an den Tisch zurück, legte ihre Hand in die Hand ihres Mannes, eine zärtliche Geste, irgendetwas musste sie tun. Der Schmerz über die Nachricht war in sie hineingefahren wie ein Blitz, und wenn sie auch gesagt hatte, sie habe es kommen sehen, so ist es doch ein Unterschied, ob man etwas für möglich hält oder ob es plötzlich da ist: unwiderruflich und gnadenlos.

Nun sagte der Mann, es sei ja auch kein Wunder, »so wie der sich aufgerieben hat«. Alles habe er an sich gerissen, »ich habe das nie verstanden«. Aber so sei es nun mal im Leben: Die Rechnung werde präsentiert.

Er habe seinen Freund sogar gewarnt, erst vor drei Wochen, als sie sich zufällig in der Fußgängerzone trafen. Ja, er solle doch endlich kürzertreten,

schließlich sei er nicht mehr der Jüngste, weit über fünfundsechzig, da liegen doch andere schon lange in Mallorca auf der faulen Haut.
Ach, sagte die Frau, ich dachte, ich sei die einzige in unserem Freundeskreis gewesen, die ihn gewarnt habe. »Du also auch, das tröstet mich.« Als ob man leichter zu seinem Seelenfrieden findet, wenn man noch einmal addiert, was man alles so sagte und schrieb, als er noch lebte, weil man es doch nur gut mit ihm meinte.
»Ja, es war in der Fußgängerzone, ich weiß es genau«, wiederholte der Mann, »ich habe sogar das Wort ›Loslassen‹ gebraucht. Ich hab ihm gesagt, er müsse endlich loslassen können.«
Wie er so dastand, blass und schmaler geworden, der Blick immer wieder abschweifend, da habe er schon die Frage an seinen Freund auf der Zunge gehabt: »Glaubst du wirklich, dass sie in der Firma noch dein Gesicht sehen wollen, wo doch heute junge, frische, unverbrauchte Gesichter gefragt sind?«
Aber diese Frage hatte er natürlich nicht gestellt: Angst, ihn zu beleidigen; Angst, die Freundschaft zu riskieren, die ohnehin darunter litt, dass man sich so selten sah; Angst, dass etwas zerspringen könnte zwischen ihnen, den alten Kollegen.
Nun sagte die Frau doch, was sie eigentlich nicht sagen wollte, vor allem nicht in diesem Augenblick, aber sie konnte nicht anders, und sie schämte sich

schon im selben Moment: »Gut, dass ich dich überredet habe, rechtzeitig auszusteigen.«
Da ging durch ihren Mann ein Ruck. Er müsse jetzt erst einmal um den Block gehen, um Luft zu schnappen, um über alles nachzudenken. »Soll ich mitkommen?«, fragte sie. Aber er stand schon in der Tür, so schnell drängte es ihn fort, er konnte die Analyse des Todes nicht mehr ertragen.

Er wollte nicht weiter über Loslassenkönnen herumreden, weil er doch, jahrzehntelang in dem harten Geschäft wie sein Freund, auf die alles entscheidende Frage keine Antwort je würde geben können: Was hätte sein Freund denn noch alles vor sich gehabt, wenn er zuvor alles aufgegeben hätte – die Firma, die Kollegen, die Gespräche, die Konferenzen, die kleine und doch so große Welt des Berufs?
Vielleicht nur ein einsames Leben, verloren in der Suche nach Inhalt und Sinn. Und weil keiner diese Antwort kennt, soll auch keiner darüber richten.

Wenn man am Ende des Lebens die Dinge regeln muss

GEHEIMNISVOLL, WIE MAN die Gefühle von Traurigkeit und Verlorenheit spürt, die einen anderen Menschen bedrücken, obwohl die Fassade stimmt. Mein Freund lächelte, als ich ihn an Hamburgs Außenalster traf. Doch bei genauem Hinschauen entdeckte ich: Es war ein bittersüßes Lächeln. »Ich komme direkt von meinem Steuerberater«, sagte er nun, »und du wirst nicht glauben, was ich da erlebt habe.«

»Beim Steuerberater kann ich mir alles vorstellen.«

»Irrtum, diesmal ist es nicht der Steuerberater, diesmal sind es meine Kinder.«

»Um was ging es denn?«

»Ums Erbe.«

»Ach so«, sagte ich, »dann ist ja alles klar.«

»Nichts ist klar«, sagte mein Freund, »stell dir vor, man hat soeben mit vereinten Kräften versucht, mir mein Haus abspenstig zu machen.«

Er blieb stehen, atmete tief durch, verfiel in ein langes Schweigen.

Was dann folgte, war ein endloser Monolog, er dauerte dreißig Minuten, mein Freund konnte sich gar nicht beruhigen, er konnte kaum glauben, was er soeben durchlebt und durchlitten hatte: eine

Besprechung bei seinem Steuerberater und einem Wirtschaftsprüfer, die Kinder waren plötzlich auch dabei, die Tochter eher zurückhaltend, dafür der Sohn sehr direkt: »Du musst doch verstehen, dass man irgendwann diese Dinge regeln muss ...«, sagte er. Und dann kam der Satz, von dem er glaubte, dass er ihn nie in seinem Leben hören würde, schon gar nicht von dem eigenen Kind: »Mit achtzig hat man nicht mehr viel Zeit, da muss man doch mit allem rechnen, Vater.«

Weil die Situation brenzlig zu werden drohte, schalteten sich die Anwälte, die Spezialisten fürs Erbrecht, ein. Und ihm flogen Vokabeln um die Ohren, die er jetzt noch fast lückenlos herbeten konnte: Testamentsvollstreckung, Bestattungsverfügung, Pflichtteilquote, »Berliner Testament«, Testierunfähigkeit bei plötzlichem Blackout, Freibeträge, Erben erster Ordnung, Erben zweiter Ordnung, Erben dritter Ordnung, und dann das, worum es hier eigentlich ging: die Schenkung schon zu Lebzeiten aus steuerlichen Gründen.

Plötzlich fiel ihm noch ein weiterer Satz ein, den er schon vor Monaten einmal von seinem Sohn gehört, aber inzwischen vergessen – oder besser verdrängt hatte: »So ein teures neues Auto, lohnt sich das überhaupt noch?« – »Ich hoffe doch«, hatte er damals lächelnd geantwortet, als er beim Durchblättern eines Magazins das Foto eines neuen Mercedes entdeckte – »so ein Auto würde mich noch mal locken«, hatte er damals noch hinzugefügt und gedacht: Man wird ja auch im hohen Alter immer mal wieder träumen dürfen …

Und nun dies: diese »Konferenz«, die eher einer Gerichtsverhandlung glich – mit ihm als Angeklagten, der sein Haus wie eine Festung verteidigte. Diese bisher verborgene, jetzt aufflackernde Gier der Kinder, die er doch immer großzügig behandelt hatte, diese Lieblosigkeit erschreckte ihn zutiefst. Was hatte er im Umgang mit seinen Kindern falsch gemacht? Diese Frage schoss ihm nun durch den Kopf; typisch für seine Generation, dass er zuerst an seine möglichen eigenen Fehler dachte.

»Sag mal, soll ich mein Haus verkaufen, mein ganzes Geld abräumen, irgendwohin abhauen, vielleicht nach Spanien, wo immer die Sonne scheint – ein bisschen Luxus zum Schluss?«

Mein Freund schaute mich lange an, aber er erwartete in Wahrheit keine Antwort. Denn ich wusste, was auch er von sich selbst wusste: Er war kein Spieler, kein Glücksritter. Er war zeit seines Lebens ein korrekter Pflichtmensch, eine »ehrliche Haut«. Ein Mann, der nun nur eine Erfahrung machte wie Millionen andere auch: Ob eine Familie wirklich eine intakte, glückliche Familie ist, lässt sich nämlich endgültig erst dann sagen, wenn das Thema »Erbschaft« fair und gerecht geregelt ist …

Nach einem Trauerfall: die Angst vor der Armseligkeit der Worte

WAS HATTE ICH zu ihr gesagt, als alles vorüber war – die Trauerfeier in der Kirche, die Beerdigung ihres Mannes, das Zusammensein mit Freunden –, als der längste Tag ihres Lebens zu Ende ging, als die Gäste sich still verabschiedeten und als auch ich mich schließlich an das Steuer meines Wagens setzte?

»Ich werde mich in Kürze bestimmt mal melden« – das hatte ich ihr noch zugerufen, der Motor war schon angelassen, als ob ich nun nicht schnell genug dem Trauerhaus entfliehen konnte. – Weiß Gott, mir fiel wirklich nichts anderes ein, nur diese Alltagsfloskel, demnächst bestimmt anzurufen.

Warum sagt man in solchen Augenblicken so banale Dinge? Wenn sich die Fragilität des Lebens in so bedrückender Weise zeigt wie am Tag des endgültigen Abschieds von einem Freund, dann müssten doch ganz andere Worte kommen!

In den folgenden Tagen habe ich mich oft an mein Versprechen erinnert, aber dann schob ich den Anruf doch vor mir her, wie einen Felsbrocken, der sich nicht wegrollen ließ – was konnte ich ihr schließlich noch sagen?

Dass es keinen »irdischen Trost« geben würde, das hatte ich ihr ja schon geschrieben, auch, dass alleine die Zeit die Wunden heilen könne.
Und dass man in so hohem Alter nicht mehr vom Leben erwarten dürfe, das hatte sie ja selbst gesagt, schließlich sei ihr Mann ja weit über fünfundsiebzig geworden, nach zwei überstandenen Weltkriegen ein Wunder in sich.
Wann immer ich an sie dachte, war ein Gefühl der Verlorenheit da, ja sogar der Angst, wieder nur Belangloses sagen zu können, diese Armseligkeit der Worte angesichts von Schmerz und Trauer.
Aber dann griff ich schließlich doch zum Hörer, die alte Dame war auch sofort am Apparat, sie war seit dem Tag der Beerdigung kaum aus dem Haus gegangen.
»Wie schön, deine Stimme zu hören!«, sagte sie, kein Hauch eines Vorwurfs, dass ja immerhin eine längere Zeit verstrichen sei, dass ich eigentlich schon früher einmal hätte anrufen können, nichts dergleichen, nur Dankbarkeit für meine Nachfrage. Und nun fühlte ich mich doch beschämt: Denn sie berichtete mir ganz beiläufig, dass sich inzwischen erstaunlich viele Menschen bei ihr gemeldet hätten, von denen sie das nie gedacht hätte, die ihrem Mann oder ihr eigentlich nicht nahestanden, die aber gleichwohl ihre spontane Hilfe anboten bei all dem, was nach einem Todesfall zu regeln ist.

»Es gibt viel Liebe, wo man sie überhaupt nicht vermutet, und manche Enttäuschung, wo man bei den sogenannten guten Freunden dachte, sie werden dich schon nicht im Stich lassen. Ja, die Welt um dich herum ordnet sich plötzlich neu«, sagte sie mit ruhiger Stimme.

Mir wurde plötzlich klar: Ich hätte nicht so lange warten dürfen! »Nur miteinander sprechen zu können ist Trost genug«, sagte sie noch, ehe sie den Hörer auflegte.
Aber weil man zu viel will, tut man oft gar nichts, oder man tut es zu spät – und damit bestimmt das Falsche.

Plötzlich ist es zum Reden zu spät

DA STAND DIESER Satz, dieser eine Satz, und ich lese ihn immer und immer wieder. Geschrieben von einer Frau, die ihren Mann Tage zuvor verloren hat, durch Herzversagen, aus heiterem Himmel, wie man so sagt, obwohl dieser Todestag ein grauer deutscher lichtloser Wintertag war. Und es war nur dieser eine Satz in ihrem Brief, der mich plötzlich gefangen hielt und herausforderte.

»Durch den Tod meines Mannes hänge ich oft meinen Gedanken nach und erkenne nun schmerzhaft, dass so vieles Wichtige selbst zwischen uns auch in über dreißigjähriger Ehe unausgesprochen blieb – und heute ist es zu spät.«

Als ich diese Zeilen las, war mir zumute, als würde sich eine Tür öffnen, die auch ich bisher immer verschlossen hielt. Denn sie führt mich – fast hätte ich gesagt: gnadenlos – hinein in die Welt all jener Gedanken, die sich hinter einer einzigen Chiffre verstecken: Bitte, bitte nicht schon jetzt darüber sprechen, vielleicht einmal irgendwann später.

Ja, vielleicht später über all diese sorgsam verdrängten Fragen reden, die sich mit dem Tod verbinden, dem eigenen Tod, dem Tod des Partners, mit dem Testament, mit den Verfügungen aller Art, vielleicht

sogar bis hin zum zeremoniellen Ablauf der Trauerfeier.
Wer mag das schon bedenken und bereden während der Sausefahrt durchs Leben, das man in seinen glücklichen Momenten sogar endlos wähnt – und unangreifbar.

Ich habe die Freundin vergangener Tage angerufen, die mir von diesem »Zu spät« geschrieben hatte, wollte die Gründe erforschen, warum es in ihrer doch so wunderbaren Ehe keinen Gedankenaustausch gegeben hat über die letzten Dinge, aber auch die verschwiegenen Probleme. Obwohl doch beide sich dem siebzigsten Geburtstag näherten, sich also im Herbst des Lebens befanden und scherzhaft nur darüber stritten, ob es für sie noch September sei oder nicht doch schon Oktober …
»Ich mochte meinen Mann mit derlei Dingen nicht belasten, er hätte für meine seelischen Ergüsse vermutlich kein Verständnis gehabt«, sagte sie und spürte doch im selben Augenblick: Das allein konnte es nicht gewesen sein.
»Ich habe dann in letzter Zeit wohl ein paar zaghafte Anläufe unternommen, aber mein Mann blockte alles immer sofort ab«, sagte sie nun und wusste zugleich: Es mag ja in jungen Jahren klug und richtig sein, die dunklen Seiten des Lebens auszublenden, aber war es auch noch richtig, wenn die Lebensuhr immer schneller hinein ins Alter läuft?

Dann hielt sie inne. Meinen Trost, dass es vielleicht Liebe war, die ihren Mann veranlasst hatte, dieses eher dunkle Thema zu meiden, wollte sie nicht gelten lassen: »Es ist immer dasselbe. Man denkt, es hat ja noch Zeit, morgen ist auch ein Tag. Aber dann hältst du doch plötzlich inne und du fragst dich: Wie konnte dir das passieren?«

Verstecken Sie sich nicht am siebzigsten Geburtstag!

Lieber Freund, nun werden Sie also siebzig Jahre alt. Sie haben mir vor ein paar Tagen gesagt, Sie hätten Angst vor diesem Tag. »Von nun an geht's bergab.« Ich höre Ihre Stimme noch, es sollte salopp klingen, aber die Melancholie klingt in mir nach, die darin verborgen war. Und ich kann es Ihnen auch nachfühlen: Das Gefühl für die Brüchigkeit des Lebens wird nun immer stärker! Und doch möchte ich Sie warnen.

Am Telefon sagten Sie mir auch, Sie wüssten nicht, ob Sie diesen Tag nun »ganz groß« feiern sollten – oder ob Sie sich nicht lieber verstecken, »abtauchen«, wie Sie meinten, und ich habe Ihnen ganz spontan zugeredet, sich dem Tag zu stellen.

War das richtig? Ich denke schon. Und wenn Sie diesen Tag festlich begehen, auch mit den Freunden, dann werden Sie am Abend ganz Erstaunliches feststellen, was es bei keinem Geburtstag zuvor je gegeben hat: Sie haben einen »Bilanz-Geburtstag« gefeiert.

Damit meine ich nicht etwas, was mit Aktien, Besitz, Materiellem zu tun hat. Damit meine ich, dass Sie die Bilanz Ihres Lebens – eine Art persönliche und berufliche Bilanz – ziehen können.

An einem solchen Tag sollte man vor allem etwas tun, wovor man sich sonst oft fürchtet: Man sollte den Menschen, mit denen man bis heute auf dieser Weltenbühne aufgetreten ist, in dem gemeinsamen Stück, das Leben heißt, eine Chance geben, damit sie ihre Beweise von Zuneigung, ja Liebe, hinterlegen können. Im Alltag ist das, wir wissen es, wir erfahren es stündlich, schwer: dieses Zeigen von Gefühlen, dieses Bekunden »Ich mag dich, ich danke dir«. Da sind wir alle auf der Jagd nach irgendwelchen Zielen, da stellen wir uns auch mal gegenseitig ein Bein, da trennen uns Auffassungen, politische und andere – aber dann kommt ein Geburtstag, und auf wundersame Weise öffnen sich Türen, die wir längst verschlossen glaubten.
Es rufen Freunde aus dem Ausland an, von denen man seit einer Ewigkeit nichts hörte. Da kommen Blumen einer Sekretärin, die uns vor zwanzig Jahren mal Tag um Tag mehr sah als die eigene Frau. Da können sie alle mit ihren kleinen Geschenken, die oft so hilflos wirken und doch so herzlich gemeint sind, ein Signal setzen: Auch du warst in meinem Leben wichtig!
Wenn man dann noch beim siebzigsten Geburtstag beschließt, alle lobenden Worte diesmal für bare Münze zu nehmen, dann wird man plötzlich feststellen: Es hat sich gelohnt, so alt zu werden, es gibt Erinnerungen, die nun in Gesprächsfetzen freudig auftauchen – und plötzlich ist die ganze Fülle da,

und ein wunderbares Gefühl stellt sich ein: Dankbarkeit für gelebtes Leben.

Keine Angst also, mein Freund, vor diesem Geburtstag! Keine Angst auch vor den Schmerzen des Reiferwerdens (das Wort Älterwerden sollten Sie aus Ihrem Sprachschatz streichen). Und wenn Sie sich im Spiegel betrachten und so taufrisch nicht mehr fühlen – nehmen Sie alles schmunzelnd, sagen Sie sich nur: Hoffentlich werde ich so alt, wie ich aussehe.
Mit anderen Worten: Verstecken Sie sich nicht am siebzigsten Geburtstag, es gibt noch viele Rosen zu pflücken, auch der Sonnenaufgang gehört noch Ihnen. Feiern Sie, lieber Freund.

»Bitte, bitte nicht auflegen«

DER ALTE HERR war in seinen tiefsten Tiefen ganz jung. Seine Neugier auf diese Welt, die Menschen und die Ereignisse, die uns alle bedrängen und verändern, blieb ungebrochen. Er wollte nicht, dass etwas verloren ging, was ihm von anderen zugedacht war, weshalb er auf seinen Anrufbeantworter einen Text gesprochen hatte, den ich nie vergessen werde.
Dieser Text besagte, dass er sich über den Anruf freue, dass man »bitte, bitte nicht auflegen« möge, nur weil er im Augenblick nicht selbst am Apparat sein könne. Vielmehr bat er fast flehentlich darum, nach dem Piepton Namen und Telefonnummer auf das Band zu sprechen, er würde unbedingt zurückrufen; »versprochen ist versprochen«, das sagte er auch noch.
Weil seine Botschaft sehr viel länger dauerte als allgemein üblich – manche blaffen ja nur ein »bin nicht da, rufen Sie bitte wieder an« –, kam ich manchmal in die Versuchung, den Hörer aufzulegen. Aber ich tat es nicht.
Denn seine Stimme hatte etwas so Suggestives, dass ich es einfach nicht wagte, seine Ansage abzuschalten. Vielmehr hielt ich geduldig aus, denn sein »bitte, bitte nicht auflegen« signalisierte mir: Er wollte

nichts von dem verlieren, was menschliches Leben ausmacht – die menschliche Begegnung, und sei es auch nur eine Begegnung per Telefon.

Er war überhaupt ein »großer Telefonierer«. Das ist nicht jeder von uns, nicht jeder kann seine Empfindungen so spontan und unverfälscht über den Draht schicken, wie es die großen Telefonierer können, zu denen er ganz ohne Zweifel gehörte.
Es begann schon damit, dass er sekundenschnell spürte, in welcher inneren Verfassung derjenige sich gerade befand, der sich da meldete – war er heiter oder traurig, melancholisch oder fröhlich?
Und dann brachte er sofort das Gespräch in jene Tonlage, die gerade vonnöten war. Und immer stellte er sofort Fragen, die mir zeigten: Er interessiert sich für dich. Wer tut das heute noch? Wer will wissen, wie es dir wirklich geht?
Deshalb habe ich nach dem Piepton auch immer wenigstens eine kurze Information über mich gegeben, damit er, wenn er zurückrief – was er auch immer tat, denn »versprochen ist versprochen« –, schon vorher wusste, wie es um mich bestellt ist.
Ich sagte schon, dass mein Freund ein alter Herr war, so über die achtzig, aber das war mehr eine Sache des Kalenders. Nur manchmal schimmerte das Alter durch, wenn er ganz tief in den Keller seiner Erfahrungen stieg – Zweiter Weltkrieg, Gefangenschaft, Neuanfang –, aber er holte dann keine

verstaubten Requisiten hervor, sondern verwandelte seine Erlebnisse in Erfahrungen, die er ebenso einfach wie kunstvoll in Beziehung setzte zu dem, was heute um uns herum und – schlimmer noch! – mit uns passiert.
Dieses intellektuelle Verknüpfen lag ihm so im Blut, dass er sogar bei Telefonaten nicht darauf verzichtete; es gab kein telefonisches Blabla, nur weil es ein Telefonat war.

Vor ein paar Tagen nun schloss er in einem Krankenhaus für immer die Augen. Ich rief sofort bei seiner Frau an, vergebens. Sie war schon unterwegs zu den Behörden und zum Beerdigungsinstitut. Aber sein Band lief noch immer, als sei nichts geschehen. Ich möge »bitte, bitte nicht auflegen«, hörte ich, und er würde unbedingt zurückrufen, »versprochen ist versprochen«, die alte vertraute Melodie.
Diesmal habe ich den Piepton nicht abgewartet. Das kleine technische Wunderding mit der Stimme des toten Freundes erschien mit plötzlich seelenlos und grausam, obwohl es mir doch all die Jahre seine Zuneigung und damit ein Stück Welt erschlossen hatte.

Der Augenblick, in dem man sich nicht mehr an einen Menschen erinnert …

MITTEN IN DER STADT, inmitten der Passanten, wurden meine Schritte plötzlich langsamer. Ich hatte es gar nicht gewollt, es geschah gleichsam mit mir: eine unwillkürliche Verzögerung, ich hatte ein Gefühl, als habe sich vor mir ein Kraftfeld aufgebaut, das ich mit gewohnter Geschwindigkeit nicht durchschreiten konnte.

Aber dann, drei, vier Schritte weiter, löste sich für mich das Rätsel – denn vor mir stand wie aus dem Erdboden gezaubert ein Mann, den ich kannte – und doch nicht kannte.

Er lächelte mich an, neugierig, wie ich reagieren würde. Für einen Augenblick versuchte er, beide Arme auszubreiten als Zeichen einer herzlichen Begrüßung. Aber dann unterließ er es, denn er hatte an meinem Gesichtsausdruck bemerkt, dass ich nicht wusste, wo ich ihn einzuordnen hatte, dass ich bemüht war, den Film meines Lebens in Bruchteilen von Sekunden zurückzuspulen, um jene Szenen zu finden, in denen er eine Rolle gespielt haben muss. Denn es war unverkennbar: Er hatte mich erkannt. Er wusste sogar meinen Namen, während ich selbst seinen Namen noch verzweifelt in meinem Gedächtnis suchte.

»Mensch, altes Haus, wie freue ich mich, dich wiederzusehen«, sagte er nun – und wartete. Dabei lächelte er, legte den Kopf leicht zur Seite und schaute mich endlos lange an. Es waren für mich quälende Augenblicke, weil dieses Nicht-Erinnern wirklich nichts zu tun hatte mit einer geringeren Wertschätzung – im Gegenteil.

Endlich tat er, was man in solchen Fällen immer tun sollte: Er erinnerte mich daran, dass wir eine, wenn auch nur sehr kurze Zeit vor vielen, vielen Jahren in einem Betrieb zusammengearbeitet hatten.
Jetzt stand mir alles klar vor Augen – und wir redeten von den längst vergangenen Zeiten. »Irgendwie ist heute ja alles unpersönlicher geworden«, sagte er ganz beiläufig, aber ich fühlte mich ertappt. Wir traten zur Seite, um die anderen Fußgänger nicht zu stören – und waren plötzlich ein Herz und eine Seele, wie damals, als wir auf einem Korridor Zimmer an Zimmer saßen.
Ich gab ihm zum Schluss meine Telefonnummer, damit er mich anrufen kann, wenn er wieder einmal in die Stadt kommt. »Ja, das mache ich, das mache ich ganz bestimmt, worauf du dich verlassen kannst« – es klang fast wie eine, wenn auch scherzhaft gemeinte Drohung.

Irgendwie hatte ich später ein schlechtes Gefühl, dass ich nicht sofort auf seinen Namen gekommen war, dass ich mich nur bruchstückhaft erinnerte. Natürlich tröstete ich mich mit der Fülle der Begeg-

nungen, die uns heute im Zeitalter der blitzschnellen Kommunikation überall beschert werden.
Und ich fragte mich, ob wir, wenn wir zwar von jemandem erkannt werden, ihn selbst aber nicht sofort »einzuordnen« wissen, den fatalen Eindruck hinterlassen, wir seien hochmütig geworden. Wovor uns – da sind wir uns doch alle einig! – Gott bewahren möge.
Darum machen wir es uns doch einander leicht, wenn plötzlich ein Stück Vergangenheit vor uns steht – und seien wir wechselseitig nachsichtig.
Und wenn wir die Telefonnummern ausgetauscht haben, sollten wir auch wirklich später einmal anrufen, denn versprochen ist doch versprochen, nicht wahr?

Der alte Herr und die Weihnachtspost, die er nicht haben wollte

Wie mag es ihm ergehen?, fragte ich mich plötzlich, denn ich hatte lange Zeit nichts von ihm gehört. Auch seine Grüße zum Jahreswechsel waren nicht, wie jahrzehntelang gewohnt, bei mir eingetroffen. Ja, ich hatte auf meine Zeilen nicht einmal Antwort bekommen. Schließlich kann er sich ja melden, dachte ich für einen Augenblick – aber dann rief ich ihn doch an.

Nein, sagte der alte Herr am Telefon, das hätte nichts mit mir zu tun. Er hätte zu Weihnachten und Silvester diesmal überhaupt keine Karten verschickt, er habe sich bewusst aus dem Rummel der gegenseitigen Glückwünsche ausgeklinkt, schließlich sei er nun über siebzig, »da muss man langsam weise werden«.

Aber als ich ihn jetzt nach seinem Befinden fragte, meinte er nur: »Meine Strafe habe ich bekommen. Jetzt muss ich auf einmal so viel schreiben wie niemals zuvor.«

Denn natürlich hatte er all die Karten bekommen, die mit Goldrand, die lustigen und die besinnlichen, die sich eine phantasiereiche Glückwunschindustrie hat einfallen lassen.

Aber weil es für Nachzügler nichts Vorgedrucktes gibt, musste der Meister jetzt selbst zur Feder greifen und genau das tun, was immer mehr aus der Mode kommt: Er musste Briefe schreiben. »Mit der Hand, man weiß ja, was sich gehört.«
Briefe an Freunde und Bekannte erlauben nicht die stereotypen Kürzel, die selbst gutgemeinte Festtagspost oft so unpersönlich erscheinen lässt. Da braucht man schon ein paar Einfälle mehr.
»Das erfordert Zeit«, sagte der alte Herr, »man muss sich ja mit jedem einzelnen Menschen beschäftigen, über ihn nachdenken, etwas ganz Persönliches schreiben, da kann man nicht mogeln.«
Und dann gab er zu, wie gut ihm dennoch die Post getan habe. »Irgendwie war es schön, zu erfahren, dass man nicht ganz vergessen ist«, sagte er. Und dies genau war der verräterische Satz.

Denn natürlich gilt, dass wir uns alle an die Spielregeln halten müssen, solange wir im Spiel des Lebens mitspielen. Da gibt's kein Aussteigen. Gruß und Gegengruß gehören dazu. Jeder Mensch braucht sein Echo.
Wenn wir tiefer schauen, haben die rund dreißig Karten den alten Herrn davor bewahrt, seinen Fuß in jene gefährliche Einbahnstraße zu setzen, die unweigerlich zur Endstation Einsamkeit führt.
Und Einsamkeit ist nach einem Dichterwort ein dichter Mantel, unter dem das Herz friert. Einsam-

keit macht, dass man im Buch seines Lebens plötzlich so schrecklich leere weiße Seiten findet.
Natürlich haben wir die Diskussion schnell beendet, ob es falsch oder richtig war, das »Theater der Grußbotschaften« nicht mehr mitmachen zu wollen.
Wir waren uns einig, dass wir auf die Stichworte der Zuneigung, die uns zugerufen werden, reagieren müssen. Und dass es noch besser ist, selbst ein Zeichen zu geben. »Insofern haben solche Grüße doch einen Sinn«, gab der alte Herr endlich kleinlaut zu. Und dann lachte er noch: »Entschuldige, ich muss jetzt aufhören und weiterschreiben. Wer wie ich zu spät kommt, den bestraft nämlich der Weihnachtsmann.«

Abschied von der Fülle des Lebens

ES WAR EINE unvergessliche Rede, die ich vor ein paar Tagen hörte. Im Kreis einiger Freunde, alle miteinander verbunden in der Erkenntnis, dass wir Ruheständler zu den Glücklichen gehören, die jetzt alles genießen können.
Der Mann, der sich zur Tischrede erhob, feierte seinen siebzigsten Geburtstag, »kein Alter«, wie man gerne sagt, um einen Schleier tröstender Worte auszuwerfen. Denn natürlich ist die Wahrheit unerbittlich eine andere: Spätestens mit siebzig wird das Leben eng und schwieriger, und selbst da, wo es noch vital und glanzvoll erscheint, ist niemals von den einsamen Stunden die Rede, in denen wie ein Schatten der Gedanke an die Kürze der noch verbleibenden Lebenszeit auftaucht.

Als er vor genau fünf Jahren pensioniert wurde, sei für ihn eine Welt zusammengebrochen, er empfand den Tag des Abschieds wie eine persönliche Niederlage. Ja, er hatte auch Angst vor diesem Tag, denn ein Leben ohne Beruf konnte er sich nicht einmal in den kühnsten Träumen vorstellen. Keine Dienstreisen mehr quer durch Europa. Keine Spesen, sehr bitter. Keine Sekretärin, vielleicht der schlimmste Verlust. Keine Konferenzen. Keine Feiern mit Kollegen. Keine Machtspiele. Keine Blessuren durch hochnäsige Chefs, kein zwangsweiser Umzug aus einem Dreifensterzimmer in ein Zweifensterzimmer – womit man ihm einmal signalisierte, dass er nicht mehr in der obersten Liga mitspielt –, er erinnert sich an diese Demütigung so genau, als sei sie gerade geschehen.

Und auch all die anderen Verwundungen habe es gegeben, von denen er immer in Manager-Magazinen gelesen hatte: Kaum noch Einladungen, man war nicht mehr wichtig, »das ist wie eine Beerdigung zu Lebzeiten«. Aber wie konnte man auch so vermessen sein zu glauben, man sei in all den aktiven Jahren um seiner selbst willen eingeladen worden!

So hatte unser Jubilar mit wenigen Worten das Bühnenbild beschrieben, in dem sein »Rentnerleben« jetzt stattfand. Abschied von der Fülle des Lebens, von der Abwechslung, dem Gefühl, gebraucht zu werden.

Es müsse doch irgendetwas geben, was ihn trotz allem so glücklich aussehen lasse; es könne doch nicht nur daran liegen, dass er jetzt öfter als früher in sein Feriendomizil an die Algarve fliegen würde, unterbrach einer der Gäste die Ansprache.

»Ich kann verraten: Es sind nicht die Flüge, nicht die Vitamine, die ich seit meinem fünfundsechzigsten Geburtstag brav schlucke«, sagte der Jubilar, »es sind nicht die Spaziergänge, die in Wahrheit Power-Walking heißen; nein, es ist etwas anderes, und ich

möchte es nun doch verraten: Ich bin, ganz simpel gesprochen, meiner Frau so nahe gekommen wie nie zuvor in vierzig Ehejahren.«
Freundinnen hätten seine Frau zwar gewarnt, ein Mann, der dauernd zu Hause sei, könne ungeheuer nerven. »Sobald mein Mann morgens das Haus verlässt, beginnt mein zweites Leben, nicht auszudenken, er hängt den ganzen Tag in der Wohnung herum« – Stoßseufzer wie diese hätte seine Frau mehr als einmal gehört.
Aber sie hätten Glück gehabt, seine Frau und er. Seit fünf Jahren sei sein Leben wie neu. Im Gleichklang mit dem geliebten Menschen. Wer kennt nicht die Lebensweisheit »Was man in der Jugend wünscht, hat man im Alter in Fülle«. Und diese Fülle hat auch einen Namen. Es ist »die Zeit«.

Denn die Uhren ticken jetzt anders. Der Termindruck ist raus. Beim Frühstück wird der Kaffee nicht mehr hastig getrunken. Fernsehen gibt es bis in die Nacht, weil dann die besten Sendungen laufen, man kann ja ausschlafen. Spontanes Hinausfahren ins Grüne, sobald die Sonne sich meldet. Besuch in Galerien und Museen morgens ohne Gedränge. Mit der Frau shoppen – und dabei wieder entdecken, wie hübsch sie ist. Das sieht alles aus wie nichts, ist in Wahrheit aber ein neuer Lebensstil.
Das Schönste aber ist dieses Für- und Miteinander über die volle Länge des Tages. Wer Ehe im Herbst

des Lebens so erleben darf, ist gesegnet. Die Empfindsamkeit, die sich im harten Berufsalltag nicht voll entfalten konnte – sie ist jetzt Unterpfand eines Glücks, das nur das Alter schenkt. Also können wir doch ganz zufrieden sein!

Ein guter Arzt ist eigentlich nicht zu ersetzen

NEIN, DAS KANN doch nicht wahr sein! Das war doch so außerhalb jeder Möglichkeit, dass ich mich für einen Augenblick wie gelähmt fühlte ... Denn was mir mein Arzt eben, während er die Manschette zum Blutdruckmessen an meinem Arm anbrachte, so beiläufig sagte, das traf mich wie ein Hammerschlag: »Es ist gut, dass Sie jetzt noch gekommen sind, ich schließe nämlich in einem Monat meine Praxis.«

Da stand ich, mit blankem Oberkörper, in seinem Sprechstundenzimmer, in das ich seit Jahrzehnten immer mal wieder reinschaute, um den Check-up zu absolvieren, und ein Gefühl der Verlassenheit überfiel mich.
»Das können Sie mir doch nicht antun«, hörte ich mich nun sagen, eine ganz spontane Äußerung, für die ich mich schon in der Sekunde schämte, da ich sie aussprach: der totale Egoismus des Patienten – da war er in seiner ganzen hässlichen Pracht!
Ich war gar nicht auf den Gedanken gekommen, ihn zu fragen, was ihn zu diesem für mich »grausamen Entschluss« getrieben hatte, die Gründe nannte er mir vielmehr unaufgefordert: Seine Frau habe ihn daran erinnert, dass er ja jetzt fünfundsechzig

würde, dass das Leben nicht nur aus Patienten bestehe, dass es so viel Schönes nachzuholen gebe – Reisen, Bücher, Musik. Und wenn auch die Medizin seine Passion sei, so hätte seine Frau doch wohl auch recht, nicht wahr?
Er zögerte einen Augenblick, ehe er leise hinzufügte: »Glauben Sie mir, es kostet sehr viel Kraft, sich ständig um kranke Menschen zu kümmern.« Und dann, etwas zornig: »Und der Papierkrieg mit den Kassen, der gab mir den Rest.«
Ich schaute ihn an, erinnerte mich an die erste Untersuchung vor drei Jahrzehnten, als er etwas an meiner Leber entdeckt hatte, was anderen Kollegen zuvor nie aufgefallen war und was von Stund an mein absolutes Vertrauen zu ihm begründete.
Wenn ich unterwegs war, konnte ich ihn aus allen Teilen der Welt anrufen, er stellte Ferndiagnosen, die immer stimmten, er kannte schließlich nicht nur meinen Körper, sondern auch meine Seele.

Angesichts meiner Bedrücktheit begann er nun, seine Rolle in meinem Leben herunterzuspielen: Es gäbe ja noch so viele andere Ärzte, er könne mir auch einen »tüchtigen Kollegen« empfehlen, ein paar hundert Meter weiter nur – wie konnte ihm dieser Fehler passieren, da er doch nebenbei ein so guter Psychologe war?
Denn was ist ein Arzt, wenn er gut ist, für den Patienten? Er ist eigentlich nicht zu ersetzen. Er ist

Schutzengel und Beichtvater. Er gibt der Seele Halt. Er ist der Wächter der Gesundheit. Etwas Magisches ist im Spiel, wenn sich eine Beziehung langsam aufgebaut hat, die beim Ausstellen von Rezepten nicht endet. Es gibt Menschen, von denen man sich einfach nicht vorstellen kann, dass sie jemals aufhören – er gehörte dazu. Und dass man als Patient gekündigt werden kann, daran hatte ich nie gedacht.

Können Sie nun verstehen, Herr Doktor, wie verloren ich mich fühlen werde, wenn ich in ein paar Wochen an Ihrem Haus vorbeigehe – und Ihr Namensschild nicht mehr an der Tür sein wird?

»Haben Sie in Ihren jungen Jahren eigentlich schon Angst vor dem Alter?«

NIEMALS KÄME ICH auf die Idee, einen jungen Mann, der das Leben mit beiden Händen umgreift, der ein Kind zu Hause hat und eine wunderbare Frau und der in seinem Beruf die totale Erfüllung findet, wie man so sagt – also: niemals käme ich auf die Idee, einen solchen Mann bei einem abendlichen Small Talk ausgerechnet mit der Frage herauszufordern: »Haben Sie in Ihren jungen Jahren eigentlich schon Angst vor dem Alter, gar vor dem Tod?«
Aber diesmal war die Situation außergewöhnlich und so erhielt ich auf meine ebenso dreiste wie indiskrete Frage eine ebenso außergewöhnliche Antwort.

Denn es geschah nach einer Dichterlesung. Die Autorin des Buches »Sieh da, das Alter – Tagebuch einer Annäherung« hatte von ihrer Beobachtung berichtet, wonach das Alter für sie bis vor kurzem ein »entlegener Bezirk« war, in den eines Tages Eltern, Verwandte und Freunde hinübersiedelten: »Wir Jüngeren hörten zwar ihre Rufe und Nachrichten, ohne dass wir allerdings darauf so recht zu antworten wussten.«
»Für Sie mit Ihren jungen Jahren ist das Alter doch sicher immer noch ein sehr weit entlegener Bezirk«,

sagte ich beim anschließenden Zusammensein zu einem etwa fünfunddreißigjährigen Mann – und erntete zu meinem Erstaunen ein heftiges Kopfschütteln.

»Sie werden es nicht glauben, aber ich wurde gerade heute erstmals mit dieser Frage ernsthaft konfrontiert«, sagte er und erzählte, wie er seinem fünfjährigen Sohn beim morgendlichen »Knuddeln« zuflüsterte: »Bleib, wie du bist, am schönsten wäre es, du würdest überhaupt nicht mehr größer werden.« Womit er sagen wollte: Augenblick, verweile doch, die Kindheit geht so schnell vorüber.

Und genau in diese zärtlichen Minuten hinein gab es dann die Sekunde der Wahrheit. »Denn mein Sohn sagte zu mir etwas, was ich zuvor noch nie gehört hatte – aber er sagte es so liebevoll, dass ich ihm nicht böse sein konnte. »Du kannst mich nicht immer haben, Papi, denn eines Tages bin ich auch groß und Papa – und du bist dann nicht mehr da.« Hatte der Fünfjährige den Fünfunddreißigjährigen in der Sicht des Lebens überholt? Wie auch immer, der junge Vater war nach diesen Worten am Morgen für die Dichterlesung am Abend über das Alter, diesen »entlegenen Bezirk«, an den er bisher nie gedacht hatte, gut gewappnet.

»Mein Sohn hatte mir mit dieser einen unschuldigen Bemerkung total die Augen geöffnet, mit einem einzigen Satz, kaum zu glauben. Aber wie heißt es so schön: Kinder und Narren sagen die Wahrheit.«

Ja, es war für den jungen Mann ein süß-trauriger Moment, den er gleichwohl nicht missen möchte: »Ich weiß, ich werde von heute an bewusster leben. Das Leichtfüßige ist dahin. Man muss wohl eines Tages mit der Nase auf die wirklich wichtigen Erkenntnisse gestoßen werden, und das Wissen um das Altwerden und das Ende des Lebens gehört dazu.«

Denn wir haben es alle selbst schon erlebt, dass uns diese Einsicht früher oder später kommt: Wenn wir verzweifelt gegen eine Krankheit ankämpfen müssen, wenn der Tod einen lieben Menschen aus unserer Mitte reißt, wenn ein Buch uns aus alltäglicher Denkroutine reißt und mit der Sinnfrage überfällt. Oder eben beim zärtlichen Zusammensein mit dem eigenen Kind, wenn dieses plötzlich ganz unschuldig in die Zukunft blickt und sagt: »... und du bist dann nicht mehr da, Papi.«
Wahrlich, das will verkraftet sein!

Was wir für unser schnelles Leben bezahlen

DER SATZ WURDE vor Wochen gesprochen, er ist längst verweht. Der Alltag hat die Menschen eingeholt, die ihn damals in der Presse lesen konnten – oder ihn gar selbst hörten, als der älteste Sohn eines berühmten Schauspielers am offenen Grab seinen Vater um Verzeihung bat, als er Worte fand, die genau das aussagen, was die Krankheit unserer Zeit ist.
Dieser Satz ist von einer geradezu schmerzenden Klarheit. Er lautet ganz schlicht: »Lieber Papa, verzeih uns bitte, dass wir deine Hilflosigkeit nicht wahrgenommen haben.«

Da steht also der älteste Sohn, erschüttert über den Selbstmord seines Vaters, den sich niemand, weder in der Familie noch im Freundeskreis, erklären konnte, und bekennt sich zu dem Gefühl der Reue und der Scham.
Dabei könnte dieser Satz täglich und abertausendmal gesprochen werden in unserer oberflächlichen Gesellschaft. Im Bekenntnis des Sohnes, das ich nicht vergessen habe, findet sich ein Wort, das ebenso schön wie altmodisch ist. Es lautet: Wahrnehmen.
Aber sind wir zum Wahrnehmen noch fähig, wir, die Kinder oder Geschöpfe des Medien-Zeit-

alters, überschüttet von Informationen und einer Bilderflut, die uns alle Schrecken dieser Erde vors Auge stellt, so dass wir, um uns zu schützen, auch die Fähigkeit des Nichtwahrnehmens, des Wegschauens, des Nichtgenauhinschauens trainieren?
Diese Fähigkeit, die Wirklichkeit auch auszublenden, bringt jene Kühle und Oberflächlichkeit in unsere sogenannten »zwischenmenschlichen« Beziehungen, die wir alle beklagen, die wir selbst erleben.

Wer hört mir noch zu? Wer will wirklich wissen, wie es in mir aussieht? Selbst im Sprechzimmer der Ärzte gibt es Trost doch leider oft auch nur noch im Minutentakt.
Gewiss, da ist Kommunikation ohne Ende. Die Handy-Gesellschaft in der Unterwegs-Gesellschaft wird immer größer. Überall klingelt und bimmelt es. Der Austausch von Nachrichten funktioniert. Ich komme zehn Minuten später. Ich bin gerade gelandet, du kannst die Suppe schon aufsetzen. Leider muss ich den Termin morgen früh absagen.
Der Preis, den wir Oberflächen-Dynamiker für unser aufregendes, schnelles Leben bezahlen, heißt Gleichgültigkeit – die größte Sünde, die wir unseren Mitmenschen antun können. Denn Kommunizieren ist ein Surrogat. Es erreicht nicht das Herz. Die Seele geht leer aus.

Nur das Gespräch, das intensive Gespräch vermag dabei zu helfen, dass wir der Antwort ein Stück näher kommen. Wir sollten immer Zeit finden, die Menschen um uns herum im besten Sinne des Wortes »wahrzunehmen«, damit es nicht irgendwann zu spät dafür ist.

Der kleine Lärm, der die Musik des Lebens ausmacht

ES GIBT HIN und wieder Zeilen eines Gedichts, die wie das Klingen eines Glases sind. Sie schwingen nach, wecken versteckte Gefühle. »So komme, was da kommen mag, so lang du lebest, ist es Tag« von Theodor Storm sind für mich solche Zeilen.
Und wir kennen Sätze, die man noch nach Jahrzehnten zitieren kann, die sich im Gedächtnis festsetzen. Und es genügt eines: Sie müssen ehrlich sein.
Als junger Reporter musste ich die Witwe eines Schauspielers interviewen, der sehr jung an Herzversagen gestorben war.
Jugendliche Forschheit und die innere Entfernung von allem, was mit Tod zu tun hat, ließen mich gleich zu Beginn unseres Gesprächs eine Frage stellen, die – heute betrachtet – von ziemlicher Taktlosigkeit war.
»Was ist es, was Sie hauptsächlich seit dem Tod Ihres Mannes vermissen?«
Ich dachte, die Witwe würde mir nun von den großen Leidenschaften erzählen, die ihren Mann im Theater und beim Film zu dem gemacht hatten, was er schließlich war – ein Star, den Millionen kannten und verehrten.
Oder sie würde die den Zuschauer abgekehrte Seite ihres Mannes beleuchten, die höchst empfindsam

war, die das Zusammenleben mit ihm zuweilen so schwierig machte, man hatte darüber in den Illustrierten schon allerlei gelesen.

Doch nichts dergleichen geschah. Die Frau in Schwarz vor mir senkte die Stimme. Sie hielt lange Zeit inne, sie suchte nach Worten. Dann kamen Sätze, die ich niemals erwartet hätte. Ja, die Antwort auf meine Frage war etwas so Schlichtes, dass ich es gar nicht in meinem Reporterblock notierte.
»Ich will Ihnen sagen, was mir jetzt fehlt. Das ganz Alltägliche. Dass mein Mann morgens fragt, ob die Sonne scheinen wird. Dass er in der Badewanne pfeift. Dass ich ihm nachwinke, wenn er geht. Dass er die Tür zuschlägt. Nichts Großes. Wissen Sie, nur dieses Alltägliche.«
Natürlich war ich unzufrieden. Ich hoffte, mit meiner Frage in der Seele der Frau etwas zu finden, was bisher verborgen geblieben war. Aber schon in dem Augenblick, da sie mir diese für mich banale Antwort gab, wusste ich: Ich werde ohne Ergebnis von dannen ziehen, denn das, was sie mir offenbart hatte, war niemals eine Schlagzeile wert, würde keinen Menschen interessieren.

Aber es war die Wahrheit. Es waren ehrliche Empfindungen. Darum habe ich sie über Jahrzehnte nicht vergessen. Heute weiß ich, dass diese kleinen Dinge in ihrer Addition ganz groß sind. Der flüchtige Kuss. Das gemeinsame Frühstück. Das Planen einer gemeinsamen Reise. Ein Pfeifen im Nebenzimmer.

Vielleicht hat Antoine de Saint-Exupéry das in jenem Nachtgebet am schönsten ausgedrückt, das er für seine Frau Consuele schrieb: »Herr, Herr, rette meinen Mann, weil er mich wirklich liebt. Gib, dass er vor mir stirbt, denn obwohl er so stark erscheint, ängstigt er sich so sehr, wenn er mich im Haus keinen Lärm machen hört.«

Ja, vielleicht ist es wirklich der kleine Lärm, der die Musik des Lebens ausmacht …

Die alten Freunde sind die besten

ALS ICH SEINE Nummer wählte, wollte ich den Hörer plötzlich wieder zurücklegen, zu lange hatten wir uns nicht gesehen, mindestens zehn Jahre, die Bekanntschaft hatte sich über die Jahre verflüchtigt, sie hatte sich eigentlich sogar aufgelöst – was also treibt mich, ihn anzurufen, weil ich zufällig durch diese Stadt fahre, von der ich nur weiß, dass er noch immer in ihr wohnt?
Ist es – so fragte ich mich weiter, während ich langsam die nächsten Zahlen drücke – pure Neugier auf den Menschen, mit dem ich ein paar Jahre das Büro geteilt hatte, ist es Vorfreude, ist es einfach der Wunsch, den Abend in der fremden Stadt abseits des kühlen Hotelzimmers zu verbringen, in irgendeiner privaten Umgebung, wo alle Gespräche damit beginnen: »Mensch, wie war das damals noch …?«

Was treibt uns Menschen dazu, hin und wieder die alten Wege zu gehen, die alten Gesichter zu sehen, die alten Stimmen zu hören, die vertrauten Gedanken wiederzufinden? Will man sein Leben messen, indem man in ein anderes hineinschaut – was hat man, im Gegensatz zum anderen, falsch, was richtig, was besser, was schlechter gemacht?

Seine Frau war am Apparat. Ja, sie würde sich noch an mich erinnern. Ja, ich könne ihn sprechen, ich möchte doch in einer Stunde noch mal anrufen. Ihr Mann habe sich etwas hingelegt. Nun, ich wolle ja nicht stören. Nein, ich würde nicht stören, er würde sich freuen. Also dann bis um sieben. »Aber bitte zum Abendbrot.«
Ein paar Blumen. Ein Taxi. Häuschen im Grünen, am Stadtrand. Klingeln. Und dann: Er steht vor mir. Er ist zehn Jahre älter geworden – und noch ein bisschen mehr. Er geht langsam. Er spricht langsam. Ich freue mich, dass wir ganz schnell wieder in der Erinnerung beieinander sind. Wir lachen sogar. Die alten Büroscherze! Die Erinnerung an vieles, bevor ich die Stadt verließ. Es sei überhaupt später alles ganz anders geworden. Und dann der Ärger in der Firma. Und dann: sein Herzinfarkt!

Nun wusste ich also, warum er so langsam sprach und warum er so langsam ging. Die Frau sagte etwas vom Kräftehaushalten.
Plötzlich hatte ich ein schlechtes Gefühl. Ich hatte ja für einen Augenblick gedacht, ich lasse es sein, ich besuche ihn nicht, wenn sie ihn nicht einmal ans Telefon holt, »weil er sich hingelegt hat« – wenn ich ihm so wenig bedeute, dass er nicht einmal geweckt werden kann.
Als ich gegen Mitternacht zurückfuhr, war ich unendlich dankbar. Abendessen im Hotel ist gut,

durch fremde Straßen gehen ist gut – aber was ist das alles, wenn ich dagegensetze: das Gespräch, das Herbeizaubern der Erinnerung, das Gefühl, ein Stück gelebtes Leben noch einmal im Zeitraffer neu zu sehen – und die Flüchtigkeit des Lebens für einige Stunden festgehalten zu haben.

Und noch im Taxi dachte ich: Die alten Freunde sind sogar noch dann die besten, wenn man sie schon fast verloren glaubte.

Vor der Operation: Warum sagt er seiner Frau nicht, dass er für sie betet?

NUN NAHM ER den Koffer, den seine Frau gepackt hatte. Nachthemden, Kosmetika. Einige Zeitschriften. Die Fotos der Kinder hatte sie auch eingepackt. Ein kleines Radio. Mehr nicht. Mehr war nicht nötig. Es war ein leichter Koffer, viel leichter als bei den Ferienreisen. Aber es ging ja auch nicht in die Ferien. Es ging ins Krankenhaus.

»Ich hab dir das Abendbrot in die Küche gestellt«, sagte seine Frau. Sie hatte wirklich an alles gedacht. »Vielleicht kannst du mir in drei Tagen den kleinen Fernseher bringen«, sagte sie noch, und damit meinte sie: Dann ist die Operation hoffentlich überstanden, dann bin ich auf dem Weg der Besserung, dann interessiert mich wieder, was draußen in der Welt los ist.

Aber nun war alles inwendig. Sie sprachen Belangloses, als sie der Klinik entgegenfuhren. Dass er sich um die Kinder kümmern soll, was ja selbstverständlich ist. Dass eine Rechnung noch zu bezahlen ist, was man schon leichter vergisst.

Seltsam, diese totalen Nichtigkeiten im Angesicht dessen, was ihr nun bevorstand: ein schwerer Eingriff, angesetzt für morgen früh 8 Uhr, eingeplant im Zeitplan des Chirurgen, den er nur einmal

gesprochen hatte, ein Fremder also, in dessen Hände nun das Leben seiner Frau gegeben wurde.
Warum sagte er ihr nicht, dass er für sie betet, dass er Angst hätte, furchtbare Angst? Dass ihn in der Nacht Alpträume geplagt hatten? Warum kam bei ihm das Wort Liebe nicht einmal vor, aber all die anderen Wörter: Rechnungen, Telefongespräche, Abendbrot, irgendwelche Termine?
Und seine Frau? Sie sagte ja auch nichts anderes! Dabei weiß sie doch, wie ernst es um sie steht. Ihre Haut ist blass. Sie hat Schmerzen, aber sie bemüht sich, alles zu verbergen. Sie trägt sogar den kleinen Koffer, während er noch einen Parkplatz suchte.

Später, auf der Rückfahrt in die leere Wohnung, denkt er über diese beiderseitige Sprachlosigkeit nach. Als hätten sie stillschweigend einen Pakt geschlossen: Er zeigt kein Gefühl, keine Besorgnis – und sie zeigt auch nichts. Sie spielen ganz einfach alltägliches Leben, obwohl es doch gar kein Spiel ist. Denn eine Operation ist eine Operation, eine Narkose ist eine Narkose – und wenn alles überstanden ist, dann ist es doch allemal wie eine kleine Wiedergeburt.
Und während seine Gedanken noch zwischen Hoffen und Bangen pendeln, kommt endlich die hilfreiche Routine: Eine Krankenschwester zeigt ihnen das Zimmer, ein Aufnahmeformular ist auszufüllen, eine Erklärung muss unterschrieben werden, dass

sie mit allem, was geschieht – oder sich bei der Operation als notwendig herausstellen sollte –, einverstanden sind.

Später, als er die Wohnung betritt, die ihm nun unendlich trostlos, unglaublich leblos erscheint, denkt er, ob er seine Frau nicht doch noch schnell anrufen müsste, um ihr all das Nichtgesagte zu sagen – aber dann lässt er es. Sie wird vielleicht schon eingeschlafen sein. Und in zwölf Stunden wird er ja auch hören, wie es ausgegangen ist. Jetzt weiß er nur: Das Wichtigste blieb verborgen, für Sekunden höchstens erkennbar in der Zärtlichkeit, mit der sie ihre Hand noch einmal in seine legte, als beide vor der Klinik hielten, ehe sie den kleinen Koffer ergriff …
Und vielleicht ist es ja auch gut so, dachte er für sich selbst zum Trost, dass uns in solchen Augenblicken die Worte fehlen, die alles nur noch schwerer machen würden.

Verzeihung, ich war sehr in Eile

ER WAR EIN Nachbar, nur ein paar Wände trennten sein Leben von meinem Leben, wir gingen auf derselben Straße vor unserem Haus, viele tausend Male, ich wusste nach all den Jahren seinen Nachnamen, den Vornamen wusste ich nicht. Nur einmal habe ich an seiner Wohnungstür geklingelt, als der Postbote eine Drucksache, die für ihn bestimmt war, irrtümlich bei mir abgegeben hatte; er bat mich, doch einzutreten, aber ich war in Eile, wie immer in Eile, und so sagte ich: »Ein anderes Mal, vielen Dank« – und ging.

Wir trafen uns dann später seltener, mir fiel nur auf, dass in seinem Zimmer nachts lange das Licht brannte, manche Nacht schien es überhaupt nicht zu erlöschen, ich war dennoch nicht in Sorge, ich kannte ja nur seinen Nachnamen, den Vornamen kannte ich nicht, wusste nur – woher eigentlich? –, dass er es am Herzen hatte, rote Äderchen in seinem Gesicht waren mir einmal aufgefallen, aber was besagt das schon? – Und ich vermochte sein Alter zu schätzen: etwas über fünfzig, ein Irrtum, wie sich später herausstellen sollte.

Mehr wusste ich nicht von dem freundlichen Mann, mit dem ich ein »Wie-geht's« und ein »Danke-gut« hin- und hergrüßte, Floskeln, im Vorbeigehen. Er hatte, eindeutig, immer etwas mehr Zeit als ich, schien auf ein Gespräch zu hoffen, rief mir kürzlich erst über die Straße hinweg die liebenswürdige Mahnung zu: »Sie wollten mich doch einmal besuchen!« – Aber da schoben sich Autos zwischen seine Aufforderung und meine Antwort, von der ich so schnell nicht wusste, wie sie eigentlich lauten könnte.

Es hat ja auch noch Zeit, dachte ich, aber ich sollte das nächste Mal wirklich zu ihm gehen, was sind schon zehn Minuten, wie viele zehn Minuten vergeudet man nicht sinnlos an einem Tag, und diese zehn Minuten würden nicht einmal sinnlos sein, denn der Mann hatte ja ein Leben gelebt, er hatte sicher etwas zu sagen, er war nur an den Rand gedrängt worden, und er hat es am Herzen, ich sagte es schon, da wird man schnell beiseitegeschoben heute – was soll ich noch berichten?
Gestern hörte ich, dass der Nachbar gestorben ist, Herzinfarkt – Ende sechzig. Nur ein paar Wände trennten sein Leben von meinem Leben – und ein paar Gedankenlosigkeiten. Und der kleine große Irrtum, dass man immer glaubt, alles eines Tages noch nachholen zu können.

Beglückende Beute in einer Sommernacht

Wir alle kennen diese Augenblicke, in denen wir plötzlich in eine Erinnerung versinken, keiner weiß, wer unsere Gedanken in diese unausgeloteten Tiefen lenkt; sie kommen ganz plötzlich und mit einer Macht, gegen die wir uns nicht wehren können.
Bei der jungen Frau muss es so gewesen sein, die zufällig neben mir stand und die in die fröhliche Runde der vielen Gäste schaute, die sie zur Sommerparty in den Garten ihres Hauses vor den Toren der Stadt eingeladen hatte.
Inmitten dieser flirrenden Stimmung und in einer jener seltenen Nächte hier zu Lande, die von südlicher Heiterkeit und Sinnlichkeit erfüllt waren, sagte sie plötzlich mit leiser Stimme und mehr zu sich selbst als zu mir: »Ich wünschte, mein Vater wäre diesen Abend dabei.«
In diesem Moment war alles weit weg, obwohl es doch so nah bei ihr war: das Lachen der Frauen, das Stimmengewirr. Ja, ihr Vater hätte sich sicher gefreut, hätte er sehen können, wie seine Tochter hier steht, inmitten vieler Freunde, beruflich erfolgreich, so wie er sich das für sie erträumt hatte.

Die junge Frau erzählte mir dann den schönsten Teil ihrer Lebensgeschichte mit wenigen skizzenhaf-

ten Worten: die erlebte und unvergessene Liebe eines Vaters, an die sich die Tochter nun in einem jäh aufflammenden Gefühl der Dankbarkeit erinnert.
Ich erfuhr, dass sie ihren Vater schon vor vielen Jahren verloren hat. Er sei viel zu früh gestorben für sein Alter. »Er war ein toller Mann«, sagte sie. Und sie würde viel darum geben, wenn sie nur einmal noch mit ihm sprechen könnte, ein paar Sätze nur, und wenn er mit eigenen Augen sehen könnte, was sie aus ihrem Leben gemacht hat. Diese zufällige Begegnung mit dieser jungen Frau in einem Augenblick, da sie aus dem Trubel des Festes und der Rolle als Gastgeberin ausgestiegen war, wird mir unvergessen bleiben. Denn es ist selten und wunderbar, wenn man Kindern, und seien es auch »große« Kinder, zuhören kann, die von ihren Eltern in Liebe sprechen. Und besonders schön ist es dann, wenn es um die besondere Beziehung zwischen Vätern und Töchtern geht, die so oft in der Literatur beschrieben wurde.
Der Zufall wollte es, dass ich kurz darauf in den Schriften des Philosophen Wilhelm von Humboldt, Zeitgenosse von Goethe und Schiller, einen Satz las, den nur ein Mensch schreiben kann, der über die Menschen und ihre Psyche lange nachgedacht hat: »Die Vergangenheit und die Erinnerung haben eine unendliche Kraft«, schreibt von Humboldt an seine Freundin, »und wenn auch schmerzliche

Sehnsucht daraus quillt, sich ihnen hinzugeben, so liegt darin doch ein unaussprechlich süßer Genuss.«

Vielleicht erklärt dieser Gedanke diese geheimnisvolle Melange von Traurigkeit und Heiterkeit, die es nur selten gibt und die ich bei der Tochter zu beobachten glaubte, als sie von ihrem Vater sprach. Es stimmt nicht, dass es bei Party-Plaudereien nur das Tasten an der Oberfläche gibt. Manchmal kann es inmitten des Trubels plötzlich für einige Momente ganz leise sein und ganz schön zu Herzen gehen, und das ist dann die beglückende Beute, die man von einer solchen Nacht nach Hause trägt.

Die Trauer ist der einzige Trost

ICH MUSS WARTEN. Ich warte ungern. Ja, ich hasse Warten. Vor mir ein Mann im schwarzen Mantel, leicht gebeugt, so um die siebzig. Er redet mit dem Mann an der Kasse. Drei Minuten, vier Minuten. Ich muss warten. Nun redet er hinein in die fünfte Minute.
Ich möchte dazwischengehen, sagen, dass ich es eilig habe, Weihnachtseinkäufe, ich kann hier nicht meine Zeit vertrödeln, nervös sind wir alle, da kann man doch nicht so lange herumpalavern.
Ob der junge Mann mal zu mir herüberschaut, damit ich mich mit meiner Ungeduld bemerkbar machen kann? Vergebens. Er hört dem Mann im schwarzen Mantel zu. Geduldig.
Geheimnisvoll, warum ich mich nicht traue, ihm zuzurufen: »Sind Sie endlich fertig!?« Oder: »Wird man hier heute noch mal bedient?« Irgendwas Respektloses, das wäre fällig.

Aber ich stehe mit meinen Getränkekisten im Getränkegroßmarkt hilflos herum – und warte. Für Sekunden überlege ich, ob ich die Wasserflaschen einfach stehen lasse und verschwinde: »Es gibt ja schließlich noch andere Geschäfte.« Aber ich warte weiter.

Plötzlich legt der junge Mann an der Kasse seine rechte Hand auf die Schulter des Mannes im schwarzen Mantel, beugt sich vor, flüstert. Dann dreht sich der alte Mann um und ich sehe sein Gesicht: So viel Verlorenheit im Blick habe ich seit Ewigkeiten bei keinem Menschen gesehen.

»Was war denn los?«, frage ich später.

»Der Herr, der da eben ging, hat vor vier Tagen seine Frau verloren. Und denken Sie mal: Weihnachten steht vor der Tür …«

Pause.

»Wissen Sie, der Herr hat niemanden. Keinen Menschen. Die einzige Tochter, verheiratet in Amerika. Aber da kann er nicht hinfliegen. Thrombosegefahr, die Ärzte haben es ihm verboten.«

Pause.

»Sie müssen mich entschuldigen, aber in einer solchen Situation muss man doch ganz einfach nur zuhören. Das verstehen Sie doch?«

Pause.

»Ich finde es toll, dass Sie so ruhig gewartet haben. Aber was sollte ich machen? Der Mann wollte wissen, ob er sich überhaupt einen Baum für den Heiligabend kaufen soll. Es sei doch alles so sinnlos geworden, nach dem Tod seiner Frau. Ich habe ihm gesagt: kaufen. Aber weiß ich, ob das richtig war?«

Pause.

»Man muss einen solch armen Mann in seiner Trauer doch aufbauen, Sie verstehen …« Ich antwortete, es gebe die alte Lebensweisheit, wonach die Trauer der Trauernden einziger Trost ist, diese Trauer dürfe man nicht stören, sie müsse auf dem Strom der Zeit dahingleiten wie eine Woge, bis sie irgendwann ans Ufer schlägt und verebbt.

Und ich dachte, während er die Preise in den Computer tippte: Seltsam, wie sich die Aura eines Menschen verändert, sobald er ein Schicksal trägt. Wie sich um ihn ein Kraftfeld aufbaut, in das wir nicht mit alltäglichen Banalitäten eindringen dürfen. Und dass wir solches auch spüren, ohne dass es uns jemand sagt.
»Wissen Sie, was der Herr vor Ihnen am Schluss zu mir gesagt hat?« Der Mann an der Kasse lächelt nun, als sei ihm Glückliches widerfahren. »Er sagte, das Gespräch mit mir sei für ihn ein vorweggenommenes Weihnachten gewesen. So einfach kann es manchmal sein zu helfen. Das verstehen Sie doch? Und nochmals: Vielen Dank für Ihre Geduld.«

Der Blick in ein altes Adressbuch: eine Reise in die Vergangenheit

DA LIEGT ES vor mir, das neue Adressbuch, in feinstem Leder eingebunden, wirklich luxuriös, auf dem Deckblatt sind sogar meine Initialen in Gold – das noble Geschenk eines Freundes –, und was ich erst jetzt spüre: eine plötzliche Herausforderung!
Denn nun muss ich darüber befinden, ob ich mein altes, zerlesenes Adressbuch ausrangiere, ob ich die vielen Namen übertragen soll – was zugleich den Abschied bedeutet von diesem liebgewordenen Stück: Wie viele hundert Hotelzimmer hat es gesehen, wie viele tausend Kilometer ist es mit mir geflogen, immer tat es zuverlässig seine Dienste, wenn ein Buch eine »treue Seele« sein kann, dieses Buch ist es, warum der Tausch?
Aber da es schon arg zerfleddert ist, fange ich an, in der Reihenfolge des Alphabets die Namen umzuschreiben. Und damit beginnt eine seltsame, ebenso wunderbare wie schmerzhafte Reise in die Vergangenheit.

Schon beim Buchstaben A geht es los, gleich beim ersten Namen: Ein Bekannter, den es nach New York verschlagen hatte, seit Jahren gab es von ihm kein Lebenszeichen mehr, die Adresse hatte ich mir mit dem Versprechen notiert, »wenn ich mal rüber-

komme, rufe ich durch«. Aber als ich kürzlich in New York war, fand ich doch keine Zeit. Wunsch und Wirklichkeit sind weit auseinander, auch Bekanntschaften zerstört die alles verschlingende Zeit. – Ich werde seine Nummer nun nicht mehr übertragen.
Es folgen Namen, die ganz selbstverständlich in das neue Buch gehören. Der Masseur, der Zahnarzt, all die Connections, die man braucht, um durch den Alltag zu kommen, dazu die Notrufe, der Taxiruf, die Theaterkasse, all dies Praktische.
Und dann plötzlich stoße ich auf den ersten Namen eines Menschen, der verstorben ist. Ich halte inne, denke über unser letztes Gespräch nach – es war von einer unverbindlichen Heiterkeit, er war es, der wieder zurückrufen wollte, keine Schuldgefühle also, wenigstens das nicht. Und doch: Je weiter ich beim Übertragen vorankomme, desto öfter gibt es dieses grausame Gefühl des Sich-nie-mehr-melden-Könnens.

Da ich mir immer alle Adressen notiere, die irgendwann einmal wichtig sein können, muss ich nun die Brüchigkeit vieler Beziehungen erkennen – Reisebekanntschaften ähnlich, nur für eine Wegstrecke des Lebens. Wunderbare Begegnungen waren darunter, von denen ich heute gar nicht begreife, dass sie sich nie wiederholen – ja, so ein altes Adressbuch kann eine verdammt harte Lektüre sein.

Plötzlich, inmitten der vielen Namen, tauchte die Nummer eines Freundes auf, mit dem ich lange nicht mehr gesprochen hatte. Ich rief ihn spontan an. Er war total überrascht. Ob er mir irgendwie helfen könne? Nein, ich wollte nur mal hören, wie es ihm ergangen ist in all den Jahren des Schweigens. Wir haben uns sofort zum großen Wiedersehen verabredet. Er war ganz glücklich. Ich weiß schon heute, was vielleicht das Schönste an diesem neuen Adressbuch ist: dass wenigstens eine Verbindung aus fast vergessenen Tagen wieder mit Leben erfüllt wird.

Und ich denke plötzlich: Da ist ein Buch mit hundert Nummern, man muss nur wählen. Telefonieren ist ja so einfach – warum machen wir es uns eigentlich damit trotzdem oft so schwer?

War mein Brief die letzte Lektüre meines Freundes?

LANGSAM, ZIFFER FÜR Ziffer, und immer mit Pausen, wählte ich endlich ihre Nummer, ich hatte den zweiten Anruf ohnehin den ganzen Tag hinausgezögert – was sollte ich ihr schließlich sagen? Wie konnte ich sie mit Worten trösten? Vor ein paar Stunden hatte ich sie bei meinem ersten Versuch nicht erreicht, wahrscheinlich war sie noch einmal zu ihm gefahren, um endgültig Abschied zu nehmen. Aber jetzt war sie am Apparat, und dann hörte ich, es war schon ihr dritter oder vierter Satz, dass ihn mein Brief noch erreicht habe.

Mit diesem Brief hatte ich mich bei meinem Freund dafür entschuldigt, dass ich eine Bitte, die er mir vor Wochen angetragen hatte, erst mit Verspätung erledigen könnte. Es ging wirklich nur um Belangloses, nur um eine schnelle Information, ich hatte den Brief zusammen mit vielen anderen diktiert, nur die Unterschrift mit der Hand geschrieben, sonst waren meine Briefe an ihn immer fern jeder Schreibmaschine.

Nun beeilte sich seine Frau, mir mitzuteilen, dass er meine Post – war sie nicht erst vorgestern abgeschickt?! – noch gelesen hat. »Er hat sich darüber so sehr gefreut, er dachte schon, du würdest nicht nur die Sache vergessen, sondern auch ihn selbst.«

Während sie weitersprach – über seine letzten Stunden in der Klinik, die Intensivstation, sogar schon über den Termin der Beerdigung – wie schnell sich alles ordnet, so traurig auch alles sein mag! –, dachte ich immer nur an meinen Brief, der vermutlich seine letzte Lektüre war.

Hatte ich, wie sonst üblich, die Anrede mit der Hand geschrieben? Hatte ich mich für mein Versäumnis entschuldigt? War der Brief im Ton freundlich oder eher geschäftsmäßig? Wie war der Gruß am Schluss? – Ich konnte ja nicht ahnen, dass meine paar Zeilen die letzten sein würden, die er von mir erhält!

Während seine Frau weitersprach, empfand ich plötzlich ein Gefühl großer Erleichterung, denn ich erinnerte mich genau daran, dass ich dem Brief erst einen schärferen Ton geben wollte, etwa in dem Sinne, dass er mir schon glauben dürfe, dass sich eine Angelegenheit nicht immer so schnell erledigen lässt, wie er es aus seiner Sicht erwartet.

Aber nun in der Erinnerung, da wusste ich: Ja, mein Brief war freundlich gewesen, das weiß ich bestimmt, und die Unruhe, die mich ergriffen hatte, als seine Frau von der plötzlichen Bedeutung meines letzten Briefes sprach, verwandelte sich in Ruhe.

Ich hatte noch einmal Glück gehabt! Denn natürlich bedenken wir nicht, wenn wir in unserer Alltagsgeschäftigkeit einen Brief in die Post geben, in welche Stimmung er hineintrifft, in welcher Situation sich der Empfänger gerade befindet. Bei einem Telefongespräch, da kann man alles fein justieren, da kann man mit seinen Gefühlen vor- und zurückgehen. Aber ein Brief, das habe ich nun gelernt, der steht, Buchstabe für Buchstabe. Ein Brief, der will allseitig bedacht und verantwortet sein. Ist das vielleicht der Grund, warum heute immer weniger private Briefe geschrieben werden?

Gespräch mit einer alten Dame: Was sind Erinnerungen heute noch wert?

DER BESUCH WAR längst überfällig, wir hatten der alten Dame versprochen, »schon sehr bald einmal wieder hereinzuschauen«, aber bei der Hektik unseres Alltags waren wir seit Monaten nicht dazu gekommen.

Wir trösteten sie mit ein paar Telefonaten, mit Postkarten, wenn wir unterwegs waren, aber nun besuchten wir sie endlich. Wir saßen in dem viel zu kleinen Zimmer, in das sie nach dem Tod ihres Mannes hatte ziehen müssen, das große Haus ließ sich nicht halten – das Alter ist gnadenlos.

Sie erzählte uns aus ihrem Leben, Glückliches und Tragisches, wir selbst sagten nichts, wir kamen gar nicht dazu, so sehr hatte sich bei ihr der Wunsch, sich mitzuteilen, aufgestaut. Endlich hatte sie Zuhörer gefunden.

»Wenn ich euch etwas erzähle, was ihr schon kennt, dann unterbrecht mich bitte«, sagte sie an einer Stelle. Wir versprachen es – aber wir taten es nicht, wussten wir doch, dass die Gegenwart im Altersheim ihr nur noch wenige Erlebnisse schenkt.

Nach einem schönen Dichterwort ist ja die Erinnerung das einzige Paradies, aus dem wir nicht vertrieben werden können. Und diese feine alte Dame, sie durchwanderte ihr Paradies, sie suchte aus einer alten Pappschachtel Fotos längst vergangener Zeiten, um gleichsam zu dokumentieren, dass alles auch wirklich so gewesen ist.

Als wir schließlich gingen, hatten wir ein widerstrebendes Gefühl: Auf der einen Seite waren wir glücklich, der alten Dame bei ihrer Reise in die Vergangenheit gefolgt zu sein, weil wir sehen konnten, wie gut ihr das tat, wie dankbar sie war.
Auf der anderen Seite hatten wir nur gehört, was wir ohnehin schon kannten, der Fundus der Erfahrungen ist schließlich nicht beliebig vermehrbar.
Es war Novalis, der vor zweihundert Jahren einmal fragte, was eigentlich alt sei und was jung ist. Und er gab die unerbittlich klingende Antwort: »Jung ist, wo die Zukunft noch wartet. Alt, wo die Vergangenheit die Übermacht hat.«
Für uns, die Kinder des Hier-und-Heute-Lebensgefühls, ist der Umgang mit Erinnerungen, den eigenen, den fremden, schwierig geworden. Schließlich wurde uns in tausend »Lebenskunst«-Büchern die »Glücks-Formel« gepredigt: Nur das Heute zählt: Was gestern war, ist vergangen. Was morgen sein wird, weiß allein der liebe Gott.
Und so sehen wir das Leben gleichsam als eine Momentaufnahme, nicht wie einen Film, und »für Erinnerungen können wir uns sowieso nichts kaufen« – das Schmerzlichste, was uns heutzutage passieren kann.

»Lass uns aufpassen, dass wir nicht eines Tages auch anfangen, in der Vergangenheit herumzukramen, dann sind wir nämlich wirklich alt«, sagte meine Frau auf dem Heimweg.
Aber dann sagte sie auch noch: »Irgendwie ist es ja traurig, dass wir in einer Zeit leben, in der Erinnerungen so wenig wert sind.«

Ein paar Tage später kam ein Brief. Die alte Dame schrieb uns, die Stunde mit uns sei für sie die schönste des vergangenen Jahres gewesen. Wir fühlten uns plötzlich beschämt. Und wir fragten uns, ob wir nicht doch im Umgang mit der Vergangenheit Fehler machen. Und mit unserer Biografie.

Weitere Bücher von Peter Bachér

Für Hoffnung ist es nie zu spät

160 Seiten, ISBN 978-3-7844-3187-1
auch als Hörbuch, gelesen von Lutz Schäfer
1 CD, ISBN 978-3-7844-4207-5

Lebe jetzt!

168 Seiten, ISBN 978-3-7844-3090-4
auch als Hörbuch, gelesen von Horst Janson
1 CD, ISBN 978-3-7844-4124-5

Liebe jeden Augenblick

176 Seiten, ISBN 978-3-7844-3130-7

Liebe ist alles

160 Seiten, ISBN 978-3-7844-3035-5

Glücklicher Sonntag

224 Seiten, ISBN 978-3-7844-2893-2

»In diesen Feuilletons werden verschüttet geglaubte Werte wieder freigelegt, wird die Frage nach der Gültigkeit aller Werte gestellt.«
Hamburger Abendblatt